四弦散谈

毕淑敏

我喜欢辽阔的地方

生活書店出版有限公司
生活·讀書·新知三联书店

自序

我喜欢辽阔的地方

我喜欢辽阔的地方，它会让人谦逊，清耳悦心。我的青年时代在藏北高原度过，那里曾经埋下我的悲伤与欢乐。它们如最初的精神之冢，不时继续掩埋新的心绪。许多年过去了，某一天心灵重返旧地，翻掘遗骸，我惊奇地发现，哀伤已经化为晶莹琥珀，欢乐变成巨蚌，养育出了珍珠。

这一切，让我感觉人的经历多么神奇！

16岁时，我在西藏当兵，阿里有九个月

的冬天，剩下的三个月，既不是春天也不是夏天和秋天，它是在冬天的底色上，间或涂抹着几道其他季节的无常岁月。偶尔不飘雪的晴朗冬夜，深蓝如水。逢我值夜班，到了后半夜，困倦不已。我会走出烛光摇曳的值班室，仰望星空。极端寒冷的空气给我注入钻石般的清冽，极目远眺，雪山如蜡，星河灿美。

我在那一刹做出了一个决定——要向一颗微不足道的小星学习，可以微弱，但要有光。

从那时起，我似乎从未真正年轻过。没有放浪形骸的为所欲为，也几乎没有肝肠寸断的爱恋情愫，有的只是迅疾奔突的行军和日复一日的躬身诊疗。每天每天，每年每年，在世界之巅戍边一十一载。不变的星辰不变的峰峦，同样不变的还有弥漫一切的白色，看飞雪的且歌且舞，医素不相识之人的病痛生亡。

人生最大的纷扰，是找到意义和价值。这题目在我17岁的时候，已经悄然作答。

我有一个柔和的童年，我却在很长时间懵然不知。我本以为所有的人，在他们婴幼时代都该如此，我只是其中一员。我后来才知晓，人的放松和宁静，很大一部分来自安全的早期经验。我得到过许多无条件的喜欢和爱，我要感谢我的父母和师长，让我知道自己虽然渺小，但仍是有价值的存在。

我一生的经历，所有的琥珀与珍珠，结成一串，沉重坠挂在我的颈项间。它们断裂了，跌落在我的文字里，愿与同样喜欢辽阔风光的你分享。

目录

到西藏去

小小的年纪，告别了父母，到一个遥远而陌生的地方去，本应该是很伤心的。妈妈到火车站送我的时候，险些哭了。但我心中充满了快乐，到西部去，到高原去，真是一次空前的冒险呀！

从北京坐上火车，一直向西向西。窗外的景色，由密集的村落，演变成空旷的荒野。气候越来越干燥，人烟越来越稀少，绿色逐渐被荒凉的戈壁滩所代替。三天三夜之后，我们这群女孩子到达了新疆乌鲁木齐。在这里要进行最后的体检，才能决定谁可以到海拔五千米以上的西藏去。

我的身体一向很好，但这次医生说我的小便化验不正常，要是过几天复查还不合格的话，就要把我退回北京。

这不是“出师未捷身先死”吗？我的探险还没有开始，难道就这么狼狈地打道回府啦？

我一定要想出一个办法！

我的目光停留在一个同我最要好的女孩子身上。

我悄悄地把她扯到一个僻静的地方，对着她的耳朵说：“你说，我们是不是好朋友啊？”

她说：“当然是啦。你怎么想起问这个不成问题的问题？”

我说：“既然是好朋友，我向你借一样东西，你一定是借的啦？”

她一扭头嚷起来：“什么东西呀？咱们的东西都是统一发的，我有的，你都有啊！”

我一把捂住她的嘴说：“干吗这么大声？是不是太小气不想借给我？实话说吧，我跟你借的这样东西，对你是一点儿用处都没有的，但对我的好处就大了！”

她说：“那是什么宝贝呀？”

我说：“是尿啊！”

我把我的打算告诉她，复查的时候把她的尿当成我的标本送上去。她刚开始吓了一跳，然后，很犹豫地说：“这不是骗人吗？”我说：“要是我复查不合格，到不了西藏，被退回北京，我们俩就再也见不到面了，更甭提做朋友了。”她想了想，答应了。

好不容易挨到了复查的那一天，没想到是通知我一个人单独到医院的检查科去。在卫生间里，我拈着盛标本的小瓶子，急得直掉泪。我真想到水龙头那儿，接一点儿自来水送上去，或者干脆把眼泪送上去化验，那就绝对没问题了。可是，我不敢。你想啊，化验员用的是显微镜，还不一下子就发现了我的花招？万般无奈之中，只好把自己的“标本”交上去了。

等待结果的日子里，我和我的好朋友都充满了悲哀，以为我们必定分手了。

不可思议的是，这一次的化验结果完全正常。

我终于和我的好朋友一道，踏上了遥远的奔赴西藏的道路。

我们告别了乌鲁木齐，在广阔的戈壁滩与高原上坐了整整12天的汽车，到达了白雪皑皑的世界屋脊。我在那里待了十年。

后来，我把这一段有惊无险的遭遇和我的计谋，讲给一位老医生听，口气中充满了得意。没想到他皱着眉说：“幸好你本身的体检合格了。要知道，西藏高原缺氧，氧气只有海平面的一半。要是你的小便有问题，就说明你的肾脏有问题；要是你的肾脏真的有病，又用别人的标本蒙混过关，那是很危险的。”

我承认他的话很对，但也仍旧很佩服当年那两个十几岁的少女。我为了友谊和理想，真是很勇敢呢！而且不服气地想，西藏人的肾脏，就个个都是铁打的了？我在高原见过不少肾脏有病的人，活得也很快乐啊！

信使

我17岁的生日，是在藏北高原过的。那天，正好是军邮车上山的日子，这个生日便像美丽的项圈，久久地悬挂在我胸前。

喜马拉雅山、冈底斯山、喀喇昆仑山，像三柄巨大的棱锥，将我所在的部队，托举到了离海平面五千多米的高度。我的生日在10月，这正是平原上麦秸垛金黄而干燥的时光，昆仑山却已万里雪飘。就要封山了，封山是冰雪发出的禁令，我们将与世隔绝到春天。

战友们把水果罐头汁倾倒在茶褐色的刷牙缸里，彼此碰得山响，向我祝贺。对于每月只有一筒半罐头的我们来说，这是一场盛大的庆典。

但心中总有淡淡的悲愁——我想家。

一位白发苍苍的老医生对我说：也许军邮车今天会来的。

你骗人！我大叫。有时候猛烈指责别人说谎，其实是太渴望那消息真实。

军邮车大约每月从新疆喀什开上昆仑山一次，日子并不准，仿佛一只来去无踪的青鸟。老医生戍边多年，他的话有时像符咒一样灵验。“每年封山前上山的最后一辆车，总是军邮车。山下的人都知道我们的心。”他晃着满头的白发，像一丛银针。

那天夜里，军邮车像破冰船一样，跋涉五天，英勇地到了，整个军营为之沸腾。我们真想欢呼，但军人只有打了胜仗才允许欢呼，我们屏住气盯着一处房舍。房舍门口站着两个威武的士兵。因为曾有一次，迫不及待的边防军人们跑去抢信，从此在军邮车到来的日子，分拣信件的房间便加站双岗。

各单位取信的人站在房外，一取到信就像古代的驿马接到加急文书，拔腿就跑，送给望眼欲穿的人们。

在高原上奔跑，不是一件轻松的事。这活儿一般都分给腰细腿长的年轻人，但白发苍苍的老医生执拗地要做这件事。知情的人私下里说他家中有很老的双亲、很弱的妻子、很小的孩儿，想信比别人更甚。

老医生说，有一年封山的时间格外长。半年后军邮车首次上山，信件一直摞到分拣人的胸前。他们在信海中游走，呼吸都很困难。

老医生抱着一大摞信，我们扑上去抢。那时候干部去干校，知青接受再教育，妻离子散的多，信件也格外多。每个人都像蜘蛛一样，吐出思念思索的长丝，织一张自己的情感信息之网。

霎时老医生手中就空了，接下来是唰唰撕信，信皮的断屑萧萧而下。

我最先看的是父母的信。仿佛有一只温暖而柔软的手，从洁白的笺纸中探出来，抚摸着我额前飘动的乌发，心便不再凄然。

再看同学和朋友的信。我的同桌此刻在遥远的西双版纳，信中夹了一朵花的标本。她说这是景洪最美丽的花，有沁人肺腑的香气。夹花的那页信纸留有大片紫色的痕液，想象得出花盛开时的娇嫩。我低头嗅那被花汁浸泡过的地方，哪有什么香气，有的只是纯正而凛冽的冰雪气息缭绕其中。

我连夜回信。平常日子，营区是柴油发电机供电，每晚只亮两个小时，然后就像木偶人似的眨几下眼睛，熄灭了。军邮车一来，首长便传令延长发电时间，以利于拣信和回信。首长其实也很盼信。

同屋的女兵嘤嘤地哭了起来，她的小侄子病了。我们都放下笔去劝她。然而女孩子常常是这样：越劝越哭得欢畅。

老医生悠长地叹了一口气："告诉离得这么远的一个小姑娘，孩子的病就能好了吗？我家里人是从不这样的。"

不一会儿，女兵停止了哭泣，因为从老医生送来的第二批信中她得知小侄子的病已经好了。

“要有经验。”老医生说，“把信全拆开，码饼干似的排好，从最后面的看起，前面的只能做参考。”

这自然是至理名言。这么办，时间长了，我们也发现了弱点。好比一本回肠荡气的小说，快刀斩乱麻先看了结尾，再回过头去细细咀嚼，便少了许多悬念和曲折。

那一次军邮车上山，老医生没有收到一封信。按照他们家的逻辑，没有信来也许就是出事了。他的忧郁持续了整个冬天。

在这海拔五千米的高原营地，每逢有人下山，就会挨门挨户地问：“我要走了，要不要带信？”哪怕是平日最猥琐的人，在这件事上也绝对平和而周到，这是高原的风俗。

有时候突然写好一封信，又不知谁能带去，就在吃饭人多时喊：“谁能下山，告我一声。”一次，一个素不相识的人对我说：“我知道你父亲的名字。”“你看过我的档案？”我问。“不是。几年前我为你带发过家信。”我已经完全记不得是托什么人又转到他手中的，于是赶忙表示迟到的谢意。

在我17岁生日过去半年的时候，收到了西双版纳同学的回信：“那朵花怎么是紫色的呢？它是雪白的呀！而且，绝不可能没有香气！”

信是老医生送来的。这是开山后的第一次通邮，他也很快乐，他的家里寄来了平安信。有时候他又突然疑惑，说他家会不会有什么事瞒了不肯告诉他。我们都说不会不会，你是家里的顶梁柱，他们离了你，根本就办不了事，怎么会瞒你！他也觉得很有道理，心宽许多。

终于，轮到他探家了。他很早就告诉我们：他下山时专门预备一个提包，为大家装信。我便对着昆仑山皑皑的冰雪，咬着笔杆，从从容容地写了大约30封信，每一封都竭尽我的才能。

我双手捧着这摞信，郑重地交给老医生。他的白发在雪峰的映衬下，晃动得像一盆水中的粉丝：“你放心好了！我到了山下第一件事就是为大家发信。假如回信快的话，下次军邮车上来，你们也许就能收到回信了。”

他走了。军邮车像候鸟，飞来一次又一次，但那30封信却一封不见回音。原来他下山乘坐的车翻了，这在高原是很平常的事。熊熊烈火吞噬了他银发苍苍的头颅，那个装满信件的旅行包，顷刻之间化为青烟。

那30封信，只有给父母的那封信，我重写了托人发出。给其他人的，便再也提不起兴致。只要抓起笔，老医生的白发就在眼前灼目地闪动，眼珠便发酸。大团大团的冰雪，在我胸臆中凝结。

后来，在老医生的追悼会上，我才知道他的生辰，远没有我想象的那样老。满头灿然的白发，是昆仑山馈赠他的不能拒绝的礼物。

他死了以后，军邮车还带来过他的家信。我第一次注意了一下地址，是广西一个很偏远的小城。又在地图上仔细寻找，那地方在北回归线以南，属于热带，该是非常炎热的。老医生的家乡，距离昆仑山，大约有一万五千里。

那封迟到的信，边缘已经磨损，好像烙熟又蒸了几遭的馅饼。几处裂口的地方，被薄而坚韧的透明纸粘贴过，上面打着蓝色的印章："邮件已破，军邮代封。"

不知这是否是封报平安的家信？

昆仑之眠

上昆仑山的时候，我们坐的是大卡车。齐着车厢板垛满麻袋，每袋二百斤大米。坐在上面，透过棉裤，感觉到蚂蚁般的米粒随着颠簸的山路蠕动，好像一摊活物。

一路上，老兵不断地问：有了吗？

我们说：没有没有呢。

老兵说：到晚上睡着就有了。每个兵站后面都有一大片烈士陵园，有好些就是先在床上睡着了，后来就睡到那儿去了。

昆仑山上的睡眠是头妖怪。

我们这些初次上高原的小女兵，就坐在大米麻袋上恐惧地等待着昆仑山上的第一个夜晚。

老兵们说“有”的那种东西，叫作高原反应。会让你的口鼻像螃蟹似的冒出粉红色的泡沫，皮肤泛出紫蓝色的网纹。最后你丢掉所有的体温，成为冰山的一部分。

我们那时只有十六七岁，虽说也感到轻微的不适，但都像否认有偷窃行为一样否认有高原反应。那还是一个以为否认就能挽救一切的年纪。

到了兵站睡觉的时候，老兵说，高原反应是一定会来的，别看你们年轻。夜里头疼得实在受不了，可以用背包带子在额头上勒两圈，越紧越好。偏方治大病。

趴在打断了肋骨的母亲的身上。

床上只铺一条薄薄的褥子。褥子是旧的移交品，发给我的时候很脏。我用清澈的雪水洗了一遍又一遍，晾晒在太阳底下，还是疤疤点点。我大声说，这褥子以前的主人一定是个汽车兵，洒了这么多的汽油。一个大点儿的女兵慌忙掩了我的口，说，别嚷。那是男人尿下的。我这才茫然住口。

褥子菲薄，透过床单可以看到铁条嶙峋的形状。上级动了恻隐之心，给每人发一条草垫子。稻草的，黄黄的，软软的，叫人想起一个好收成。大家乐得吸了不少冰雪浸透的凉气。只是草垫子比我们的铁床要长，需铡去一段。那些日子，军营里像是饮牲口的料场，到处飘散着针尖似的草芒。

拉练露营的时候，当然不能带草垫子。我们先把雨布铺在雪地上，再打开被子睡觉。我第一次这么睡的时候，心想：第二天爬起来还不得满身泥浆？没想到干干爽爽地起床，掀开雨布一看，雪絮洁白松软，仿佛刚刚自九天坠下。微薄的体温就像一杯水倒进太平洋，早已融进酷寒。

听说地方政府派来的慰问团，看了战士们的艰窘，调拨来了一批狼皮褥子。但数量有限，平均十个人才能分一条。

我急切地盼望着狼皮褥子的到来，不是巴望着能分我一条，而是想看看真正的狼皮是个什么样子。

终于来了。分到我们班里的那条狼皮褥子是黑色的，裁制得方方正正，同单人床一般大。皮毛上可以看出很明显的接缝，但颜色非常接近。远远看去，完全可以认为它来自一匹孤独的巨狼。毛缕很长很硬，纷披而下，发出苍蓝的闪光。我伸手摸摸它们，光滑而润泽。我突然记起小时被父亲高高举起，抚摸父亲头发时的感觉。

大伙儿一致决定把狼皮褥子分给一个瘦弱的农村来的女孩。因为她的铁片床塌得最不成样子，她又靠门。她恰好不在，我们七手八脚地给她铺好了，每个人都躺到她的床上试了试。大家都说，狼皮真暖和。

她回来后一眼看到床边垂着的狼毛，就哭了。

大伙儿忙说，别在意。我们都已经享受过了。

她说，你们这不是咒我死吗！我是属猪的，我妈自小就叮嘱我，一定得避狼！

我们重新决定狼皮褥子的归属，决定轮流铺，一人若干天。

昆仑山上的夜极其黑，但是很不安宁。三百六十五夜，大概三百五十天有风。风像排着队的疯婆子，用干枯的手，把旷野上的一切孤立之物，都变成弹拨的乐器。它让石屋发出呜咽的共鸣，它让电线空竹般鸣叫。它把士兵偶尔丢弃的空罐头盒，从地面嘘上屋顶。在飞翔的过程中，随意拨弄它们的位置，罐头盒就像硕大的口哨，吹出空袭警报的锐音。甚至石头也会发出怪兽般的抽泣，那一定是石头内的缝隙被风挤压了，痛苦地在呻吟。

我们因此练就在喧嚣中酣睡的本领。当我离开高原回到城市，突然发现城市的夜晚是那样寂静。汽车喇叭和锅碗瓢勺的交响，实在是隔靴搔痒的皮毛。和昆仑山真正的钢鼓乐队相比，城市只是一支短笛。

昆仑之眠是充满陷阱的黑洞，许多人在梦中永不复返。盖因睡眠时人的抵抗力减弱，犹如不设防的城市，死亡的偷袭格外成功。时时听到某人睡着睡着就过去了的传闻。我们每天早上起来见大家都还活着，心中充满重新诞生的快乐。

有一次，女兵在半夜里突然接到电话，要为一个突然死亡的战士扎个花圈。（顺便说一句，昆仑山上所有的花圈都由我们来扎，因为女孩与花有缘。）我们说，什么时候死的？电话说，刚刚。我们说，打仗死的？电话说，不是。我们说，睡死的？电话说，也不是。我们说，那还有什么死法呢？是真的死了么？电话说，死得叮叮当，再没有救的。睡着睡着紧急集合。哨子一响，这小伙子一个箭步蹿起，但立即就扑倒在地，死了。

我们为他扎了一个大大的花圈。从此高原上有了一条不成文的规定：只要没有战争，夜里不搞突袭式的训练。

想在昆仑山上安眠，有一个高枕头是十分必要的。当战士的囊中羞涩，只有几件换洗衣服裹在白包袱皮儿里当枕头，垫不到无忧的程度。特别是洗澡之后，干净的穿在身上了，脏的泡在盆里了。空包袱像个扒净了五脏六腑的咸鱼干，晒在床单上，很寂寥的样子。

一天，我对卫生科长说，我想借您那本《实用内科学》看看。

科长说，你有这个志气很好。只是你现在最该看的是《卫生员手册》。巴甫洛夫教导我们说，科学应该循序渐进。

我说，敢想敢干。试试吧。

在很长的一段时间里，我枕着《实用内科学》酣眠。我后来成为一名相当不错的内科医生，坚决同这有关。

战士的被子在露天看电影的时候，是要用背包带捆起来，当小凳子坐的，特别易脏。当我决定要洗被子的时候，同屋的战友都佩服我的悲壮。因为我没有大盆，也没有搓板。在小小的脸盆里是凭着手搓那么大一堆没头没脑的布，时至今日，连我也赞叹那时的英勇。

星期天起了个绝早，先看看太阳，是不是好天。因必得当天洗，当天缝起来，要不夜里就没东西盖了。

我把被套拆下来之后，发现一个大秘密——草绿色的被罩要比白花花的棉絮长出半尺有余，窝着掖在里面。

属猪的女友说，多好的一块布。这不是浪费吗?

我点头，觉得她说的极是。

你把它铰下来，补个衣领后屁股蛋什么的，岂不是上好的补丁？她说。

我想想有理，操起家伙就剪。

她说，你不等等？洗完了晾干再剪不迟。

我说，那么大一坨，怎么洗？剪开了分两段，不是好洗嘛。

她一边说着那也不差这一点，一边帮着我把被头连里带面裁下一圈。待到晚上，我把干了的被罩拿回来缝时，才发现大事不好。原来那富余出来的一截布并非无用，是预备被套缩水的。现在被套像件童年的衣服，遮不住棉絮丰满发育的身躯，恰短半尺。

怎么办？我和属猪的女孩面面相觑。

把裁下的那块布再缝上去。有人说。

那还行？我连连摇头。那工程简直能绕地球一圈，对于拙于针线的我，真是可怕的命题。

还有一个办法。属猪的女孩说。

什么办法？我迫不及待地问。

把棉絮也铰下来一块。她说。

多么好的主意！我快活地大叫，她总是那样地与众不同！我搂着她跳了起来，但只跳了两下就停顿下来。缺氧不允许我们激烈地表达兴奋。

说干就干。

在以后漫长的岁月里，我一直盖着比别人短一截的被子。它使我在严寒的冬天（昆仑山其实也没有别的季节）吃尽苦头。但是我从来不说，我怕那个属猪的女孩以为我在埋怨她。

因为被子格外地不御寒，我就特别爱晒被子。公平地说，高原的太阳虽然不暖和，但含有丰富的紫外线，有春天的气味。晚上蜷在里面，像扎在麦秸垛里一般惬意。

不过班长不让我老晒被子。她说，你的被子本来就比别人的短，叠起来就不好看，刚晒完的被子，囊得像个面包，哪还拍得出横平竖直的线，影响军容风纪。

于是晒被子的日子就成为我奢侈的节日。我会早早地钻进被子，让那个夜晚抻得很长。我会看到阳光毛茸茸地刷着我，白色的蒲公英粘在睫毛上，一只金色的蜜蜂在我耳边飞……

昆仑之吃

谈吃的文章，多半是讲某时某地有某种特殊的吃食或吃法，但我要写的昆仑山之吃，却是普通的东西普通的吃法，只因了海拔高的缘故，那留在记忆中的味道，便永生永世找不到伴侣。

二十多年前，我在喀喇昆仑山、喜马拉雅山、冈底斯山交会的藏北高原当兵。如果把高原比作世界屋脊，我们所在的地方就要算屋顶上吻兽所处的位置，奇异而险峻。从山底下运来的蔬菜，被冰雪冻得像翡翠雕成的艺术品，用手指一碰，发出玻璃一样清脆的声响。给养部门在进行了若干次不成功的尝试之后，终于放弃了给我们运输鲜菜的打算，从此我们天长日久地与脱水菜为友，别无选择。

脱水菜无以辩驳地证明了一个真理：有些东西失去了便永远不能挽回。脱水菜失去的是普普通通的水，但你无论再给它多么充足的水，它都不能再恢复到原来的性状，依旧像柴火一样干涩难咽。

最常用的食谱是脱水菜炒肉。平心而论，20世纪60年代末到70年代初，全国副食供应匮乏，但昆仑山上的肉食始终很充足。雪白的猪皮上扣着紫蓝色的徽章，标明产地。记得一次，炊事班长一菜勺把一块紫色肉皮盛到我碗里，那戳证是紫药水打上的，可以食用，虽经煎炒，仍鲜艳灼目。我仔细端详了一下，认出“郑州”两个字，一张嘴，就把河南的省会咽到肚子里去了。以后记得还吃过几座城市，比如四川的绵阳、河北的石家庄。

山上也养猪。刚开始是从山下运上来仔猪。猪娃的高原反应比人还严重，它们又不懂事，身上难受，不像人似的知道安静卧床，反倒乱蹦乱跳，很快就口吐血沫，患高山肺水肿死去了。炊事班长每天看着泔水白白扔掉，心疼得不行，立志要在高原上养猪成功。后来，他托人从国境线那边换回来小猪崽，据说是印度种，山地适应性极好。小猪刚断奶，不爱吃食，他就冲了奶粉喂猪。顺便说一句，山上那时奶粉很多，从农村入伍的战士都不爱喝，说没有苞米面糊糊好喝，便眼睁睁地看着奶粉过期。印度猪很适应高原气候，很快长成一头大猪。山上气候恶劣，人们食欲很差，剩饭剩菜多，印度猪最后肥得肚皮耷拉下来擦着地，皮都磨破了。炊事班长便把它赶到卫生科的外科治疗室，叫护士给猪包扎一下伤口。猪便拖着粘着白纱布的肚子，在营区内悠闲地散步。

炊事班长对印度猪这么有感情，我们猜他一定舍不得杀它。“八一”的前一天，炊事班长却手起刀落，飞快地把印度猪给宰了。大家都问炊事班长怎么舍得，炊事班长奇怪地反问大家：养猪不就是为了吃肉吗？大家都说可惜了可惜了，昆仑山上见个活物不容易，有一头猪每天在外面走一走，也能叫人生出许多感想，怎么就杀了呢？过了“八一”，大家又都说印度猪的肉不好吃，说从小喝牛奶的猪没有农村里吃糠长大的猪味道好。这头普通的来自印度的黑猪，无论它活着还是死后，都使许多年轻的中国士兵想起平原，想起遥远的家乡。

营区附近有一条河，河深丈许，清澈见底。它是著名的印度河的上游，有一个美丽的名字——狮泉河，不知是指狮子像泉水一样地跑过来，还是泉水像狮子一样跑过来。总之，这两种意境都美丽而雄奇，让人联想到洁白奔涌的景色。狮泉河使我怀疑一句古老的哲语——水至清则无鱼。狮泉河由高原万古寒冰所融的积水汇合而成，清冽得如同水晶，鱼群繁茂得如同秋天树叶飘落在马路上，有时一片河水被鱼背映得发黑。据老同志说，以前鱼群还要兴盛。汽车沿着河水浅的地方开过去，车轮碾过，便有两道宽宽的鱼带浮起，车辙由碾死的鱼标出。轮到我们戍边的时候，鱼已经没有那么多了，但依然稠密而愚笨。用曲别针弯个鱼钩，用一块生牛肉条挂在曲别针上，甩进河里，不消片刻，鱼就上钩了。

藏北的鱼不知归于哪一属哪一科目，色黑亮如柏油，肉雪白若膏脂。但不知是高原上人的胃口差，还是这鱼本身的问题，大家都不爱吃鱼。星期天的早晨，常有人披了军大衣在狮泉河畔垂钓。钓到了，便把那挣扎着的鱼从曲别针上摘下来，重新丢入沸沸扬扬滚动着的河水中。许多年后，听一位去过西方的朋友讲，那里的人活得多么潇洒，常常把钓到的鱼再甩回湖里，钓鱼不是为了吃，而是为了消遣。我想，早在很多年前，因为寂寞，我们也曾达到过这种境界，原来也曾潇洒过一回。

但是在高原上必须吃。吃了才有体力，才能在高原上屹立下去。我们的国家很穷，我们不是凭着强大的国力威慑住想更改国界的邻国，而是凭着人——敢在难以生存的险恶之中生存，以证明我们捍卫这块领土的决心。这便有了几分悲壮几分苍凉。我们这些边防军，是活的界碑，把身体养得强壮，便有了非同寻常的意义。

总后勤部给我们发了“六合维生素”，就是把六种维生素混淆在一起压成片剂，每一粒都光滑得像子弹。每天我们都一大把一大把地吞药，仿佛病入膏肓的老人。

维生素到底有多大的效力，我不敢妄下结论，只知道在吃着维生素的同时，我们指甲凹陷、齿龈出血、口腔溃疡、头发脱落……对于人，最重要的是空气。因为氧气不足而出现的这一系列麻烦，只有用一分钱都不值的空气才能治疗。可惜，空气在高原是定量的。

为了保证大家吃好，挑选炊事班长的严格不亚于挑选一位军事指挥员。要能吃苦，会动脑筋，还需手巧。

我们的炊事班长是甘肃人，方头，两只眼睛的距离很远，身材高大。当我后来看到挖掘出来的秦始皇兵马俑时，自觉得为班长找到了祖先。

班长扛大米，嘿哟哟，一次能扛两麻袋。一袋一百斤，在高原上扛两袋，简直是找死，可他脸不变色心不跳。班长摇压面机，别人两个人握着摇柄，慢慢悠着劲转，高原偷走了小伙子们的力气，把他们变成举止迟缓的老翁。班长把机器摇得像一架飞速旋转的风车，面叶子便像瀑布似的涌垂下来。

班长也很会动脑筋。用高压锅蒸馒头，要先在屉上刷一层油，这样才不粘锅。班长会把蒸锅内的水添得恰到好处，会把四个眼的汽油灶烧得恰到好处，两个恰到好处凑在一处，馒头熟了，水熬干了，高压锅残存的余热，将馒头底子煎得焦黄油润，仿佛北京“都一处”的锅贴。

这项操作是班长的专利。有不服气的炊事员想试一试，结果是差点儿使高压锅像颗鱼雷似的爆炸。

但班长也有很失算的时候。有一次，早上喝藕粉。昆仑山太阳出得晚，做饭时还得点上煤油灯。班长一手持灯，一手掌勺，灯火将他的半边身子映成锈红，另半边还隐没在黑暗之中。他一俯一仰地围着锅台忙碌，将表层的藕粉汤舀出来，撇进泔水桶里。我看到班长奇怪的举动，问他这是在做什么。他长叹了一口气说藕粉的成色是越来越不行了，看，这里混进了多少草梗！我凑近那灯光，看清漂浮在藕粉中的一小朵一小朵金黄的桂花。原来这是新运上来的桂花藕粉，生在黄土高坡的班长从没见过这种精致的花朵，便以为是异物。

高原上气压低，水不到80℃就开，火候很难掌握。即使是班长挂帅，也常有误饭的事情发生。所以开不开饭，并不是以号声为准，而是看班长的眼色行事。每天到了开饭时间，大家便排着队走到饭厅前，立定，开始唱歌。唱毛主席语录歌、《我是一个兵》等等。通常是三五支歌后，系着白围裙的班长从灶房里钻出来，梧桐叶子一般大的手掌一挥，就解散开饭，大家作鸟兽散了。有一回，不知是出了什么纰漏，我们整整齐齐地列队唱歌，唱了一首又一首，大约过了半个小时，还不见炊事班长出来挥舞他梧桐叶子一样的大手，大伙都饿得有气无力了。

负责起歌的是一个四川籍小个子兵，他终于卡了壳，再也想不起有什么歌子可唱了，说没有歌了，咱们就这么干站着等吃饭吧！大家说你就随便起个歌吧，不是有那么多革命样板戏唱段吗？你起个头，我们一准跟你唱就是。小个子兵抖抖嗓子，大声领唱了一句："想那当初，老子的队伍才开张……"

革命样板戏的反复灌输，使我们对每一段唱腔都倒背如流。大家一听到这熟悉的曲调，不假思索异口同声地随他引吭高歌起来。于是样板戏的唱段就在冰峰雪岭之间回荡缭绕。

炊事班长像失火一样从灶房里跑出来，大手刀剁斧劈地往下砍，大吼了一声：唱什么唱！开饭啦！

直到这时，许多人还没意识到大家齐声合唱了一段反面人物的唱腔。饥饿终究是世界上最有权威的君王，大家一哄而散了。

后来，听说领导要追查小个子兵的责任。炊事班长晃着眼睛间距很宽的方脑袋说，那天的责任全在他。因为饭开晚了，小个子兵饿糊涂了，完全是昏唱。

因为班长很有人缘，事情就不了了之了。

每天吃中午饭的时候，“解散”的口令一下，最先冲进饭厅的一定是河南兵，像杀敌一样英勇。

河南人大概是最爱吃面食的人。一百斤面粉比一百斤大米要更占地方。运输部队便运来大量的米和少量的面。只有每天早餐恒定是吃馒头，晚上有时吃面条，其余的空白便均由大米所充填。班长在农村是挨过饿的人，最怕做的饭不够大家吃，早上的馒头便总有富余，剩下的中午热了再吃。河南兵就是冲这几个剩馒头去的。班长是个很讲“不患寡而患不均”的人，他觉得馒头总让这几个河南兵抢走，就是对别人的不公。他没有办法阻止河南兵抢馒头，但他有权力使点儿小计策让河南兵们的努力失败。米饭是一屉一屉蒸的，他把那几个馒头神出鬼没地分散在各屉里，这样晚到的人也可以在最后一屉的角落里突然发现一个馒头。有一次，真不巧，河南兵因为找不到馒头，只得悻悻地填饱了米饭离开饭厅，馒头突然出现时，在场的人又恰好都是爱吃米饭的。宝贵的馒头反而像大海中的岛屿一样，孤零零地剩在空屉里了。大家埋怨班长，班长胸有成竹地将剩馒头收起来。晚饭的时候，他把馒头端端地摆在最高一屉。河南兵对馒头的热爱是经得住考验的，他们热烈地欢呼，把剩下两顿的馒头狼吞虎咽地吃光了。

记忆的冰川在岁月的侵蚀下，渐渐崩塌消融。保持着最初的晶莹的往事，已经越来越稀少。班长、四川兵、河南兵们的名字，被我在遥远的人生旅途中遗失，也许永远找不到了。但这些与昆仑之吃有关的片段，却像狮泉河底的卵石，圆润可爱，常常带着高原凛冽的寒气，走入我的月夜。

我已经近二十年没有吃到脱水菜了，有时候还真想再吃一回。

昆仑之喝

“喝”这个字好像被酒给垄断了。只要说到喝，后面就拖着长长的酒尾巴。

其实凡是液体入喉，就算作喝。人一生最大量最平凡的是喝水。（听说澳大利亚那地方宽裕得把牛奶当水喝，不在此列。）因为太普通，喝水就成了不值一提的俗事。

但若到了奇特的地方，简单的事变得棘手复杂，就又可以写一写了。

四十年前我在藏北高原工作。我们一年到头穿着厚厚的棉衣，像一群松软的面包。缺氧使大伙儿干什么都无精打采，高原像小偷盗走了青春的力气。更古怪的是锅里的水不到100℃就沸腾，没有切身体会的人，不知道它的玄妙。

我第一次明了它的确切含义，是看到一个女孩把滚开的水往脚上浇，她在洗脚。我想她的皮还不得跟煺鸡毛似的，脱下一块来？没想到她惬意地甩着水，连说舒服舒服，你也来试试。那水其实只有60℃左右，虽说开得哗哗叫，但并无平原上沸水的杀伤力。盛名之下，其实难副。

我们每天喝的就是这种60℃的开水。为了节省焦炭

（运至山上的焦炭比上好的白面还贵得多呢），由食堂统一烧。吃罢晚饭，大师傅用炊帚把刚炒过菜的大铁锅胡乱刷刷，咣咣倒进几大桶雪水，煮开水的漫长过程就开始了。他总不乐意把锅刷干净，因为小时候家穷，有油星的锅是富足的表现，留着下顿饭接着滋润。

人们提着暖壶，拎着水舀子，麇集灶边。袅袅的水汽从裂了缝的木锅盖升起，好像有一大炷香在锅内燃烧。

需要耐心地等，这个过程大约40分钟。你不可走远，因为水不多。抢不到水，你就会成为一晚上的撒哈拉大沙漠。水舀子也很重要，像古时做官的印玺，要牢牢掌握在自己人手里。假如水开了，你有壶却没有舀水的家伙，岂不急煞人？又不兴随便拿个茶缸就能伸进锅里舀水（你就是把杯子洗了又洗也不成，这就是昆仑山的规矩）。水舀子就那么一两个，有数的，这人用完了给下个人用，好像火炬传递。你要是灌满了自己的暖壶，不把水舀子给紧靠在自己身后排队的人，而是遥相呼应，给了远处跟自家亲近的人，叫他先打上了水，大家嘴上不说什么，心里很鄙视你。就跟今日的以权谋私裙带风任人唯亲似的。

水好像不是被灶下的火焰而是被人们焦灼的目光烧

开了。那情形像有一条小鱼翔在锅底，渐渐长大。先是搅起轻轻的涟漪，迅即膨胀，直到用尾巴砸出大朵浪花，高原上的开水煮熟了。

这个历程不能撩起盖子看，一看三不开。常有性急的人说，怎么还不开？不待别人阻拦，“嘭”地把大木头锅盖掀开了。汪着油花的水面像巨大的眸子，凝然不动。他叹口气，重把锅盖像被子似的给水捂严。要等片刻，才会有柔弱的水汽再度溢出。水叫人看了这么一回，就给你推迟两分钟开。要是哪个晚上多碰上几个这样的弟兄，开水就会怠工许久。

其实，先舀到开水的人不上算，表面的浮油都被灌进暖瓶里了。这种水在瓶胆里一捂，会泛出熬萝卜般的熏臭，与沏茶极不相宜。

于是要喝茶就自己煮。高原上的人都有硕大的搪瓷缸子，其规模相当于五磅暖瓶的下半截。抓把茶叶扔进缸子里，炖在火炉上，像熬中药似的焖着。高原上的火因为缺氧，永无热情奔放的时候，总是阴险地沉默着，一副紫蓝色忧郁的脸膛。

高原人爱饮浓浓的砖茶。从医学的角度看，老茶叶里茶碱含量高，对人的心脏和呼吸系统有良好的兴奋作用，可以帮助人适应缺氧，当是人们喜爱它的主要原因。倘若换了鲜鲜嫩嫩的龙井、毛尖，只怕在如此的煎熬下顿失颜色。

高原人也喝酒。到藏族老乡家串门，主人总要敬上青稞酒。青稞酒基本上是无色透明的，并不是想象中的淡绿色。初入口时微甜，像醪糟，但不可小看。据行家们说，这酒后劲大，上头。藏胞淳朴，斟满的银碗高举过头，目光炯炯地注视着你，由不得你不喝。于是一仰脖，很豪爽地把一杯饮净，自觉尽到了心意，把银碗端端正正地放下。

没想到主人以迅雷不及掩耳之势斟满第二杯青稞酒，依样画葫芦，又敬了上来。记着行家们的嘱托，不敢再饮。但主人执意要敬，推推拉拉，大家像在练太极功夫，好不热闹。

后来听翻译说，倒是我错了。若不打算喝了，就在碗底留点儿酒，主人知道你已尽兴，就随你的意了。像你这样一饮而尽，把酒碗舔了个精光，就是好汉一条豪饮一番的表示了……

原来是这样！

工作部门里也喝酒。都是年轻人，逢年过节时，每十人算一席。每席一瓶白酒，多为西凤酒。一瓶果酒，多为樱桃酒。多少年来，这两个品牌永不变换。我想，一定是某年某月商店里盲目购货，压在库里，于是年复一年节复一节地总用老面孔犒劳我们。

女孩子们一桌，望着这两瓶液体不知如何是好。西凤为中国十大名酒之一，想来性烈，是断乎不敢喝的。樱桃酒呢？儿时唱过“樱桃好吃树难栽”，心想，由那么难成活的树长出的美丽果子酿造出的酒，准是好喝的。于是我们每人斟了一茶缸底子，黑乎乎的，像是咳嗽糖浆。我至今不知那酒是个什么度数，喝到肚里的也只有一墨水瓶那么多。（你想啊，十个人分一瓶酒，一个人会有多少？太多了不是多吃多占了吗？）但十分钟后，我就觉得面前的桌子和人都奇怪地漂浮起来，好像脚下是一片水……

我不知道这叫不叫醉酒，只是我从此后再也不敢去试任何一种含有酒精的饮料了。我的家族是不善饮的。我父亲曾说过我弟弟，喝一口酒连脚指甲都会红。弟弟在场面上练了多年还毫无长进，我等就死了这条心吧。

剩下孤孤一瓶西凤。怎么办呢？

找他们男孩换一盘菜来吃！不知谁提议，众人皆赞成。于是公推一伶牙俐齿的姐妹到邻桌去交涉，大家就眼巴巴地等着吃。

片刻之后，使节归来，手里仍是拎着满满的酒瓶。吓！他们还不换？一瓶西凤多少钱？一个菜才多少钱？再说平常喝得上酒吗？他们不换可是太傻了。没想到男子汉还这么抠门！女孩子们大叫。

使节忙说，不是的！不是的！他们看见酒，眼睛都瞪得像瓶底一样圆。只是我看他们的菜都快吃光了，换了咱就不值了，所以完璧归赵。

原来小气的是我们不是他们！只是这原封未动的一瓶烈酒，女孩儿留着又有何用？随着时间一分一分流逝，邻桌碟子里的货色越来越少，假如贸易，我们的逆差就越来越大。

我们气愤地盯着男子汉风卷残云般地吃菜，心痛得厉害，觉得他们是把原属于我们的东西给霸占了。

我看见他们桌上的香蕉罐头还没有动。你们看合不合算？使节的大眼睛除了水灵灵地好看，还真侦察到了情况。

男子们多是西北一带人氏，对香蕉这类亚热带水果，抱半信半疑的敷衍态度。况且剥了皮的弯弯蕉体泡在浑黄的液体里，形象也不雅。

不值不值！我们说。

可惜时不我待，女孩们用眼的余光瞟着，各桌上的残羹剩饮越来越单薄。

换啦！我们悲壮地说。我们每人分吃了半截香蕉（没多少，不够一人一条），又喝了浑黄色的罐头汤，觉得还不错，起码比辣乎乎呛人的白酒好多了。

下一个节日又像候鸟似的降临。

嘿！女娃子们！我们用香蕉罐头换你们的酒！刚开席，就有男子汉找上门来，商讨以物易物。

好嘞！换啦！我们快活地答应，为早早打发掉透明的液体而庆幸。

喂！我们来换你们的酒……又有几个小伙子摇着罐头瓶造访。

晚啦晚啦！谁叫你们现在才来！女孩们幸灾乐祸地指责后来者，自己也有点儿后悔，想不到贸易形势这样好，刚才应该要个高价，一瓶酒换两瓶香蕉罐头的。

亏了亏了。下次要沉着点儿，待价而沽。我们互相眨着眼睛。

真糟糕！小伙子们懊丧地搔着后脑勺，只好打道回府。

哎！把你们的香蕉罐头拿走啊！我们指着他们遗留

下的罐头瓶子，大声叫喊。

罐头嘛，既然你们爱吃，我们就不要了！他们头也不回地说。

男孩子和女孩子就是不一样啊！

从此，每一次会餐，我们总是随随便便把西凤酒送给任何一个邻桌的小伙子们。从此，每一次会餐，我们女孩子的桌上都有许多瓶香蕉罐头。

记得有一次，居然我们每个人都平均得到了一瓶香蕉罐头。那一天的会餐，好像成了会香蕉。

我们举着浑黄的罐头汤，豪爽地干杯，把罐头瓶碰得叮当乱响，喝了个“一醉方休”。

我躺在坚硬如铁的兵站枕头上，焦急地等待头疼。当它真的像春雨一般润物无声地降临时，我欣喜地发现它并没有想象中神奇。高原反应是一种像铅色绸缎般柔软而黏稠的东西，裹住你的大脑，使它晦涩地滚动。勒住太阳穴的确管用，好像在脑汁里滴了明矾，清凉多了。

当我的昆仑第一眠醒来后，发现兵站久未洗过的枕巾依旧在我的头颅下散发着男人的汗味，我高兴极了。原本以为自己再也看不到枕巾上花里胡哨的图案了。

以后我在昆仑山度过了无数个夜晚。这话有些不准确，其实是可以算得清的。我们现有严密的历法，一万年以后的某天都可以算出是星期几。区区十年有什么算不清！但我不愿去算。睡眠和死亡曾经在我脑海中不断淤积，到达了感觉的极限。

我们的营区海拔近五千米。这还是在正常的日子，碰巧赶上拉练，就要再高许多。高寒高寒，它俩是双胞胎，高了就必然寒。高处不胜寒。

分配我们睡的是铁床，类似城市居民几代同堂时买的那种折叠床，是用铁片做的。一代又一代士兵的碾压，很多铁片断裂了。我们没有铁丝，就用麻绳把破损处连缀起来。躺着的时候，可感到一处又一处的凹陷，好像

装大米的汽车

每个人都是坐过汽车的，但连着坐12天汽车的经历，就不是人人都有的了。

打开中国地形图，注意一定要海是蓝的、陆地是绿的、随着海拔的升高逐渐变成橘黄色的那种地形图，而不是五颜六色的行政地图。

你往地图的左面看，地图是左西右东的，左面就是中国的西部。你会看到黄色像深秋的树叶，渐渐地浓重起来，从姜黄、橙黄，直至加深到棕褐色。你从图例上查到颜色与高度的对应表，发现西藏的平均海拔在五千米以上。尤其是藏北，那是屋脊上的飞机。

怎样到达藏北呢？在遥远的古代，是乘骆驼和牦牛，往来一趟，要十几年甚至几十年的工夫。现在有汽车了，但从新疆的乌鲁木齐出发，也要将近半个月的时间。

我们坐的是大卡车，车上装满了大米。我们就把脚伸在大米麻袋的空当里，屁股坐在大米上，开始了数千公里的跋涉。

我们一边走一边不断地抱怨这些麻袋，它们像枷锁一样紧紧地箍着我们的脚。谁的腿要是坐麻了，想活动一下，就得在缝隙中把脚尖立起来，像个芭蕾舞演员一样，才能把脚抽出来。用手把脚揉好了，再从小孔把脚塞进去。

司机为大米打抱不平，说：“你们还得感谢这些大米麻袋呢！这是为了运送你们，特地装在车上的。”

我们齐声嚷：“才不信呢！要是没有这些大米，我们的地方会宽敞得多。”

司机说：“要是没有大米，这样颠簸的路，会把你们头上的帽子颠到天上去，尾巴骨也会碎成八瓣。”

有这么可怕？

刚开始上路时我们不信，随着山势的险峻，我们渐渐地信了。

修在峭壁上的简易公路，像鸡肠子一样弯曲细窄。

往来的车轮像耙子，把坚硬的砂石刨松了。车轮的碾压，又把碎石聚成无数的塄坎，掘出无数的坑洼……人们给这种路起了一个形象的名称——搓板路。

车子在“搓板路”上行走，就像跳摇摆舞。一会儿抛上浪尖，一会儿跌下深谷。幸亏大米压住了车厢，要不然我们就得像滚珠似的在车厢里蹦跳不止。一天车坐下来，整个身体活像一把用了一百年的旧椅子，所有的关节处都要散开了。

第一天我晕车，路上吐了几次，晚上睡在兵站。兵站这个名称很有点儿古代烽烟的味道，那间房子奇大无比，十个女孩子住在里面，只占了一个角落。

地上铺着稻草，很松软。把头埋在里面，有一股太阳的气息。

我掐指算了一下说："啊呀，还要坐那么久的汽车，我都要变成老奶奶啦！以后我回家的时候，就坐飞机。"

说完之后，我就睡着了。

第二天一大早，所有的女孩子集合起来，领导说："有的人怕苦怕累，才坐了一天汽车，就想坐飞机回家了。这样的人，真是没出息啊……"

大家都寂静无声，你看看我，我看看你。

我也好奇地眨着眼睛看别人，心想："是谁说的呢？她怎么和我想的一模一样呢？"

因为是不点名批评，也没有什么严重的后果，我渐渐地就把它忘了。

几年以后，遇到一个和我一道坐过大米车的朋友。她说："我可真是佩服你了，当年你在那样的批评之下，大智若愚，不动声色。"

我说："你说的是什么呀？我怎么听不懂？"

朋友说："批评想坐飞机的人就是你啊。"

我大吃一惊，说："我根本就不知道那是在说我啊。"

朋友就说："那我告诉你，是谁向领导报告了你说的话……"

我赶忙捂住了她的嘴，说："你千万别告诉我，我一辈子也不想知道这件事。"

后来，我们就开始说其他的事，说得很开心。

说不想知道答案，那是假话。以后的岁月里，我也曾多次浮起这个疑问。心想，当我说出那句发牢骚的玩笑时，已是深夜；第二天一大早就被点了名，同我一道睡在兵站大房子里的女孩子，是谁这么嘴快告了我的状呢？

我仔细回忆那些裹在稻草里的年轻美丽的面孔，每一张脸都纯洁可爱，我至今不愿妄猜她们之中的任何一个人。

也许是那些大米麻袋告的状吧！

特殊摄影师

女孩子都喜欢照相，哪怕是最丑的姑娘，也会在青春年华，偷偷地留下倩影，没人的时候反复端详，找出面容上最经看的部分，为自己鼓劲儿。而且照片这东西还有一个特点，就是拍照的当时，你基本上都不满足、不中意，随着时间的流淌，逝去的风光变得越来越宝贵，你就后悔当初为什么不多照一些照片了。

高原上的女兵，对照相这件事的认识，一直很清醒——这就是抓紧一切可能的时机，尽可能多地留下照片。倒不是有什么先见之明——想到在白发苍苍的时候，可以指着自己早年间的照片，瘪着没牙的嘴，对小孙女说："看，奶奶当年也有英姿勃发的时候，怎么样，很靓的吧？"……主要是我们兵龄不长，穿上这种新服装的样子，自己还没欣赏够，就被运到了雪山上。家里人、同学、老师、朋友、亲戚等等，跟在屁股后让你寄照片回去给他们看看，要是久久接不到，简直怀疑你这个兵是个冒牌货。所以，照相成了当务之急。再说周围的景色，实在是太像火星了，寸草不生的岩石，给人一种宇宙人的感觉，我们也急不可待地想让远方的亲人欣赏和惊讶。

到达高原，我首先知道了女厕所和食堂的方位之后，第二个急需打听的问题就是照相馆在什么地方。

接受我询问的是个小伙子，个子高大，相貌英俊，缺陷是脸色有些苍白。自我介绍姓胡，是个技士。我想，问对了人，老头儿有可能不知道照相馆的位置，这模样的同龄人必会了如指掌。

胡技士很惊奇地看着我，好像我问他的不是一处平常的所在，而是赌场或是火箭发射塔。停了一会儿才说："这里不是平原，没有照相馆。"

我说："怎么会呢？雪山上这么多兵，远方的家里人就不想知道自己的孩子变成什么样子了吗？就是他们自己不想照，家里人也会催个不停。"

胡技士说："雪山上的兵，并不像你想的那样多。就算每个人每年照一张相，照相馆也没多少生意，摄影师会被饿死的。"

我说："我，还有我的战友，就是说所有的女兵，一年每人最少会照10张相。"

胡技士冷笑起来说："就算你们每人一年照100张相，也没用。你们才几个人？"

我说："还有你们嘛！人多力量大。"

胡技士说："我两年才照一张相，主要用途是相亲的时候，家里人给对方看一看，就足够了。剩下的事，就是省下钱来，把看过我照片的女方娶过来。”

我对胡技士悲天悯人地摇摇头。在照相方面，此人实在是胸无大志，不可救药啊！

我把从胡技士处得来的情报，告知女友，屋内一片哀鸣。片刻后，小鹿第一个打破悲痛的气氛，对我说：“咦，你不会搞错吧？”

我很气愤这种明显不信任的口气，马上同胡技士站到一个立场上，说：“高原上只有这么点儿兵，就算把照遗像的概率都考虑进去（遗像每次要照很多张），摄影师也要饿个半死。”

小鹿不服，说：“你从一个光着脚的人那里，是打听不到卖鞋的地方的。”

我反驳说：“既然大家都光着脚，你凭什么断定这里有鞋铺？”

正吵得不可开交，小如到外面转了一圈回来，说：“百闻不如一见。我有一个新发现，在不远处的僻静角落，有一间小房子，上面有个牌子，写着‘照相室’。”

我傻了眼，说：“小如，你没有骗人吧？”

话刚出口，我就用手捂住嘴。小如哪里是骗人的人？再说，我从心里希望这是真的。小如并不计较我的怀疑，很诚恳地说："我也搞不清那到底是个什么地方，安静极了，也没个人可问。要不，咱们一起去看看吧。"

我们三个立刻跑出去，剩下的人等我们的消息。七拐八拐，果然找到了一所孤立的小屋。千真万确，门楣上悬挂的牌子上写着——照相室。

周围很静，好像是被人遗忘的角落，但打扫得很干净，分明透出经常使用的痕迹。

"这是一处秘密照相点，摄影师怕被人打搅，所以弄得很隐秘。"小鹿很有把握地说。

小如过去敲敲门，里面一点儿动静也没有。小鹿说："你的动作太轻，好像是敲幼儿园的门。看我的！"

她攥起空心拳头，直擂两页门扇的接壤处，木板的震动加上铁插销的共鸣，一时间好像闹起了小型地震。

"谁啊？耐心点儿！正洗相呢，等一等！"里面回答。

天地为证，我们几双耳朵，都清清楚楚地听到了"正洗相呢"这句话。"啊呀呀！踏破铁鞋无觅处，得来全不费功夫。"小鹿满脸功臣神色，好像这个照相室，是她在片刻间用拳头砸出来的。小如比较有涵养，一声不响地退在一边，但掩饰不住的兴奋，还是把她的嘴唇烧得更红了。她是我们之中最漂亮的女孩子，自然对照相有着刻骨铭心的热爱。至于我，满脑子恨恨想的是，赶快把胡技士揪了来，让他揉着眼睛，目瞪口呆地向我们道歉。

等待中好像过了一千年，当门终于沉着地打开时，我们看到了一张血色不足的脸。因为长时间地在暗室里工作，摄影师眯缝着眼睛，一副见不得天日的样子。

揉着眼睛，目瞪口呆的人——是我，那个摄影师不是别人——正是胡技士。

我说："你怎么在这里？"

他说："我怎么就不能在这里？我一直就在这里工作啊！"

我火了："你说这里养不活摄影师，原来是自己在吃独食啊！"

胡技士愣了片刻，好像突然明白了，说："看来我们之间有点儿误会。欢迎你们参观我的工作间兼暗房。"

我们三个人鱼贯而入，小鹿在我耳边低声说："原来你和摄影师早就通了消息，倒把别人蒙在鼓里。"

我抗议道："谁知道他在这里像个特务似的潜伏着啊。"

屋里很黑，一盏红色的小灯，好像糖稀已经融化光了的冰糖葫芦，几乎没有光芒，只是一个稳定的红球，用朦胧的光晕勾出大家的身形。地中央摆着一台硕大的机器，桌上有一个盛着药水的白瓷方盘，几张底片，红鱼一般泡在水里，看不清眉目。

“你的机器，比一般照相馆的复杂多了。照出的相，一定也要漂亮得多。”小鹿四处张望着说。

“漂亮不敢说，比一般照相馆清晰，那是一定的。”胡技士似笑非笑地回答。

“只是你这墙上没有什么好背景，海呀小亭子什么的，拍出来一片煞白，怪扫兴的。不过，也凑合啦，主要是把人物表情拍好就成。不知道你技术如何？”小鹿很内行地评点着。

红灯下，胡技士的脸红彤彤的，说：“我经过正规学校三年学习，技术应该是没问题的。”

“哟，光一个照相，你就学了三年，那可真是老师傅了。”小如说。

胡技士的脸更红了。

我说：“胡技士，你什么时候给我们照相啊？”

胡技士说：“我照的相，和你们平常见的照片，不大一样。不过，按我的观点，一个人一生，是应该或者说是必须留下这种照片的。”

小鹿说：“我的照片最大的意义，就是要照得比我本人胖，这样我妈看到的时候，就不会哭了。要不然，她一定会流着眼泪说，看，我家小鹿太瘦了，简直变成鹿脯了……”

胡技士说：“我能做的事，就是实事求是，保证与你本人分毫不差。”

小如凑到我的耳边说：“我怎么觉得他这个照相馆与众不同啊？”我揣测着悄悄地回答：“咱们平常照相的时候，看到的就是摄影棚那一小点儿地方。山上房子有限，把很多后期工作的设备都挤到一起了，难怪咱们看着眼生。”

小如半信半疑地不再说话。

小鹿说：“今天我们好不容易找到这个地方，你是不是就百忙之中为我们了此心愿？”

胡技士迟疑了一下，还是答应下来，问道：“你们谁先来啊？”

小鹿当仁不让说：“我先来。”

我说：“小鹿，冲锋的时候你也这么勇敢就好了。”

我们躲到一边。小鹿站好，庞大的机器移动起来。

那钢铁家伙看着蠢笨，活动还挺灵巧，按照胡技士的指挥，左旋右转，好像大象在跳舞。

“好，你站好，不要动，头稍向左一点儿，好，就这样，屏住气，坚持一下，对……好，好了……现在我们再照一张侧面的，你的头转过来，对着墙壁……很好……好！”

胡技士口中念念有词，像符咒一样，小鹿就像木偶，服从摆布。不一会儿，照相结束。小鹿松弛下来，马上又痛苦地大叫：“哎呀，我忘了说‘茄子’了！”

“什么茄子？咱们这里一年无菜，不要说茄子，能有蔫萝卜吃就是天大的福气了。”胡技士不屑地说。

“不是吃的茄子，是表情。‘茄子’会使我的嘴角微笑。你这个摄影师，也太不负责任了，为什么不提醒我注意表情呢？哼，要是照出一副哭丧相，我让你重照！”小鹿不依不饶。

“放心好啦，我绝不会把你照成哭丧相的，表情并不重要。”胡技士很有把握地说。

轮到小如了，她按照小鹿的位置站好，很矜持地微笑着，看来想留下一张倾国倾城的玉照。没想到胡技士说：“我不给你拍面部了……”

小如大惊道：“你难道要照我的后脑勺吗？或者说是

照没有头的相？只剩脖子以下的部分，那不成了无头女尸了吗？”

我说：“小如你别胡说，摄影师说的是背影。你自己不知道，你的背影真的很好看啊！”

没想到胡技士不客气地纠正我说：“不是拍背影，是拍手的特写。”

轮到我们把嘴张成三个大大的“O”形，齐声问：“手？那有什么好拍的？那不是白白糟蹋胶卷吗？”

胡技士不理我和小鹿，单独对小如说：“我看你哪儿都很完美，只是身高欠缺一些。拍了你的手，我就能知道你是否还有长高的希望。如果多吃些钙，可能会有帮助的。”

我和小鹿大眼瞪小眼，不知说什么。搜肠刮肚也不记得以前的照相馆，是否还开展过测量身高的业务。小如的脸兴奋得比灯泡还红，她知道自己是美女，但对不足也有很清醒的认识。现在有人说能帮她，自然十分感激。

于是，小如伸出纤纤细手，按照胡技士的指挥，做出五指并拢的角度，规规矩矩地照了一张手相。“好了，下一个。”胡技士又恢复了淡淡的语气。

“就照一张啊？”小如有些不满足。

“一张就足够了。”胡技士不容置疑。

“轮到我了，照头还是照手？”我问。

胡技士从头到脚打量着我，半天不作声。我吓了一跳，心想，他不会让我照一张“脚相”吧？我昨晚忘了洗脚，万一当众亮相，在这密闭的屋子里，定是有碍大伙儿的鼻子。

阿弥陀佛，胡技士网开一面，说，就照一张半身的吧。

大家留影完毕，小鹿说：“什么时候取相？”

胡技士想了想说：“如果没有其他特别的工作打扰，下午你们就可以取相了。”

小鹿说：“这么快！你不收加急费吧？”

胡技士说：“用的都是边角料，基本上是废物利用，不收钱。只是请你们保密，不要对别人说，那样工作量太大，我招架不了。”

从那间写有“照相室”的小屋出来，我们三个乐得合不拢嘴。午饭的时候，我暗自笑了好几次，差点儿把饭粒呛到气管里。

下午，我们如约又来到了胡技士的工作室，这回房门没上锁，我们走进去。胡技士说：“正好，片子刚制作出来，效果还是不错的。”

我们急不可待地要观赏自己的尊容，忙说："请把照片给我们，到太阳底下去看。"

胡技士说："还是在屋里看得比较清楚。"

小鹿说："你这个屋黑得像个菜窖，要看也得把窗户打开啊。"

胡技士说："那倒不必，我有特殊的灯光设备。"说着，他打开竖在桌子上的灯箱，雪亮的荧光灯把一大块毛玻璃照得像半透明的冰川。胡技士拿起一张照片，往特殊的夹子上一戳，照片就镶在了玻璃上，影像顿时纤毫毕现。

首先映入眼帘的，是一个骷髅头，眼眶凹陷，鼻骨高耸，嘴巴是个黑窟窿。

"老天啊，这是什么？是你从坟墓里挖出来的死人头吗？"小鹿惨叫起来，指甲深深地抠进了我的胳膊。

"这正是你的头颅正位片啊！"胡技士说着，把另一张底片镶入玻璃。这次出现的影像更恐惧，是半颗惨淡的人头白骨。

不等我们缓过神来，胡技士又把一张较小的底片插上玻璃，在雪亮的灯光下，一只枯瘦如柴的手骨架，像九阴白骨掌似的，五指朝天，冷冷地戳向天花板。

胡技士面向小如说：“这就是你的手指骨骼图。观察骨骼融合的情况，你还是有长高的潜力。今后多吃点儿钙吧。”

胡技士马上又换了一张片子……不用说，那是我的半身像了。我凑过去一看，吓得闭上了眼睛。从此，我算明白什么叫“形销骨立”了。骨头架子上，倾斜地摆着一列肋骨条，每一根都似巨大的丝弦，好似能奏琵琶古曲《十面埋伏》。

我们终于明白了胡技士的所谓“照相”，就是——X光拍片。

“你这不是鱼目混珠，取笑人、骗人吗？”小鹿怒不可遏。

“我可没骗人，一开始我就说，我的照片和别人的不同。在医学术语里，X光就是叫照相。我在医校学了三年放射专业，不信你们可以去查档案。”胡技士不急不恼，含笑辩解。

“可你这样的照片，我怎么能寄给妈妈？老人家还不得以为我已经变成了饿死鬼？”小鹿愁眉苦脸。

“寄给妈妈是不妥，但自己保存很有必要。人有一张自己的骨骼图，就像拥有了永不褪色的证件。无论你的外形怎样变化，骨头是不变的。比如希特勒的尸体被烧焦了，最后确认身份，靠的就是他生前看牙病时拍的X光片。”胡技士谆谆教导我们。

小如本来对胡技士心怀感激之情，因为给了她一个好消息，但是听到总是谈论不祥的事情，忙说：“说点儿别的吧。老讲这个，让我想起谋杀案来了。”

胡技士说：“很抱歉，让你们生出不美好的想象。但我真的非常热爱我的工作，恨不能让天下所有的人，都拍一张X光照片，留作纪念。”

我说：“胡技士，您的敬业精神当然很让人感动了，可是，我们的实际问题，并没有得到很好的解决啊。我看你这儿洗相的家伙儿挺齐全的，虽说你的专业是照骨不照皮，毕竟沾亲带故，你就给我们想想办法，拍几张正儿八经的照片吧！”

大家都眼巴巴地看着他。胡技士搔搔头上的白色工作帽，说：“只有一个办法，就是你们让家里人寄胶卷来，我在这里想办法借照相机，然后给你们照相。X光片和普通胶卷的冲洗过程大同小异，我努力摸索一下，估计问题不大……”

小鹿打断他的话说：“别光是底片啊，我要看真正的照片，布纹纸或是斜光纸的……最好能放大，要是你再学会了上色，那就更棒了。”

胡技士说：“那还得找人买相纸、专门的显影定影液、烘干机、上光机……麻烦着呢……谢谢你对我的信任。”

小鹿说：“艺不压人，我们愿意当你的试验品，你就好好练本事吧。”

胡技士哭笑不得地说：“试试吧，最好别对我寄太大的希望。”

我们谢了胡技士，拿着生平最丑陋、最古怪的照片，回了宿舍。不敢给任何人看，自己也不敢看。尤其是夜里烛光下，它能给人一种神秘莫测鬼魅丛生的感觉。不知她俩的“留影”后来如何处置了，反正我把那张“琵琶精”照片，偷偷地扔了。不管它在科学研究上有多大的价值，我可不想让自己有一副从古墓里爬出来的模样。

至于我们的照相生涯，注定了还要有许多磨难。胡技士虽然热心，终不是专业人员，几次试验都以失败告终。他自我解嘲道：“我是一个特殊的摄影师，只能拍那种深刻到骨头的照片。至于血肉丰满的形象，还是留给普通的摄影师们干吧。”

雪山窃贼

女孩子的胃比男孩子的要小，所以，她们正餐时吃得很少，但经常要吃零食。

西藏能供给女孩子打牙祭的东西实在太少了，我们每天馋得思来想去，只好“精神会餐”。

有一天，果平对我们说：“喂！想不想吃烤羊肉啊？”

大家异口同声地说：“那还用问？当然想吃啦。”连我也跟着一块儿喊，虽然我不吃羊肉，但我喜欢凑热闹。

果平说：“那我们先筹集原料。”大家就分头活动，很快就搞到了孜然、辣椒面和盐。但烤羊肉最主要的材料——羊肉，还在羊身上长着呢。

大家很着急，果平如此这般地把她的计划说了一遍，我们就只好耐心地等待一个日子。

西藏的羊群经过了一个夏秋的游牧放养，冬初的时候最肥了，要是不杀，经过一个冬天的折磨，到了来年春天，就骨瘦如柴了。在第一场暴风雪来临之前，炊事班长带领人，在操场上把预备整个冬季吃的羊都杀完了。然后，把羊堆积起来，拎来水桶往剥了皮的羊肚子里灌水。这样经过一个严寒的夜晚，水就结成巨大的冰坨，羊像琥珀中的昆虫一般，保存得很新鲜。

羊肉暴露在室外，一年只有这么一个晚上。天一亮，班长就会把冻好的羊搬进库房。再想偷出羊肉，比登天还难。

那天，我们每个女孩子手里都捏了一把手术刀，静静地躲在屋里，盼望黑夜降临、众人入睡的时刻。

终于等到了。半夜时分，我们身穿皮大衣，偷偷地溜出房门。天黑得如同墨鱼肚子，冻彻骨髓的寒风把我们吹得东倒西歪，可是，大家都毫无退缩之意。有什么比在漆黑的夜晚冒险，更令人兴奋的呢？

我们很快摸到了堆放冻羊肉的操场，除了成垛的死羊，这里空无一人。我们并不害怕，可是，对着城墙一般坚实的冻羊，不知如何下手。

果平掏出随身带的小手电，上下左右照了照，说："每人找准一只羊，用刀子割肉。注意不要割了自己的手。"

我们手持利刃，纷纷持刀而上。手术刀倒是很锋利，但它太小了，好像一片银色的柳树叶，面对着骨骼完整的冻羊，简直是杀牛用鸡刀，实在力不从心；再加上羊身上结满了冰，好像披了水晶盔甲，又硬又滑，刀尖儿根本插不进去。

大伙儿忙活了半天，没有一点儿战果。果平不慌不忙地说："别着急，两个人一组，一个人扳住羊身子，另一个人用刀切羊腿上的肉，那儿的肉最好吃了。”

调整部署果然奏效，我们割了几块羊腿肉，得胜回朝。牙齿冻得直打架，但心里得意极了。

到了屋里，把羊肉摊在桌子上的玻璃板上，切成樱桃大的块，蘸着作料腌好，这才发现了一个致命的问题——还没有烤羊肉的铁钎子哪！

大家你看我，我看你，大眼瞪小眼。果平一拍脑门说：“把每个人的毛衣针拿出来。”

女孩子天生爱织毛线，每个人都有几副粗细不同的针。大家齐心协力把毛衣针贡献出来，凑成了一大把钎子。

我们用酒精棉球给毛衣针消了毒，然后，串上羊肉块，撒上辣椒面，开始在炉子上烤。

那一瞬间，屋子里很静很静，听得见屋外狂风的呼啸，听得见羊油滴落在火焰上的吱吱声。袅袅的热气在女孩子们的头顶蒸腾着，有一种家的气氛在我们心中涌动。

那一夜，我们房间的灯很晚才熄灭。

第二天一大早，炊事班长吃惊地说：“我的羊腿被谁挖去了几大块肉？雪山上出了窃贼，看来还是个老手，把羊身上最好的肉割走了。”

我们面面相觑，谁也不作声。

炊事班长又说："其实，我巴不得大家多吃些肉呢，吃了肉身体好；只是这种冻了冰的肉，没有高压锅，谁能把它炖熟？可别吃坏了肚子。"女孩子们得意地交换了个眼色，大家还是不说话。

让炊事班长永远蒙在鼓里吧！他绝对想不到这些柔弱的女孩子，吃起烤羊肉来，个个像绿林好汉呢！

藏族的花围裙

我小的时候在幼儿园表演藏族舞蹈，每个小姑娘都要扎一条花围裙，那是藏族女装最显著的标志，我们都喜欢得不得了。可那么多的小朋友，到哪里去找许多真正的藏族小围裙呢？幼儿园的阿姨很会想办法，买来白毛巾，贴上彩色蜡光纸的窄条，一条五光十色的藏族小围裙就做好了。

我把这条毛巾和纸做的围裙扎在腰间，对着落地的穿衣镜一照，哈！美丽极了。雪山上的仙女就是这个样子啊？

来到西藏，看到藏族女人果真围着同样的围裙。但也许是扎在腰间的时间太久了，高原的紫外线把颜色晒褪了，它们没有我想象中的漂亮。

离我们住的地方不远处有一条小街，藏语称它为“毛伴”。一天，我在毛伴的小店里闲逛，突然在柜台里发现一条极鲜艳的藏族围裙，缝缀着七彩的绸条，好像是把天上的彩虹剪来一段贴在上面了。

“这条围裙多少钱？”我迫不及待地问售货的藏族小姑娘。

她微笑着用不很熟练的汉语报出一个价钱，并不很贵，我一算，自己身上带的钱足够了，就一边忙着掏钱，一边连声说："我就要这条围裙了，请赶快给我包起来。"

藏族小姑娘数完了钱，却一动也不动，充满歉意地对我说："单有钱是买不了围裙的。"

我吃了一惊说："买个围裙还需要什么证明吗？"

她说："还需要两尺布票。"

那个时候，每年都发一种布票，凭票才可以买布制品，我们的衣服因为都是统一发的，就没有布票。我一时抓了瞎。

我不死心地说："这个围裙都是绸缎做的，为什么要布票呢？是不是有些没道理？"

小姑娘红着脸把围裙拿过来，翻过绸缎的背面让我看，那是一层淡紫色的布。她小声说："没有办法，这是规定。"

我再不好说什么了，垂头丧气地回到宿舍，把缘由一讲，大家七嘴八舌地帮着我想办法。

果平说："让你妈妈给你寄几尺布票来吧。"

我撇着嘴说："我还以为你有什么好主意呢！就这个办法啊？我早想过了，不行的。我们家在北京，寄来的是北京布票，在西藏是不能用的。必须要有西藏布票才行。"

河莲说："我们同你一起再去找卖围裙的藏族小姑

娘，大家一块儿为你说话，人多力量大，没准儿就把她的心说动了。”

我连说：“不成不成。我看得出她是一个好心的小姑娘，我们要是不给布票就拿走了她的围裙，她会伤心的。要是那样，我情愿不要围裙了。”

正在大家一筹莫展的时候，一直没吭声的小如附在我的耳边说：“我倒有一个办法，你可如此这般……不过要你一个人去，千万不可一大帮人凑热闹。这事能成最好，不成就算了，千万不要再为难小姑娘……”

我连连答应着，再次进了“毛伴”。

藏族女孩依旧笑眯眯地看着我，不待我说话，就把那条精美的围裙拿了过来，用略带生硬的汉语说：“布票，有了？你的？”

我记着小如的指示，不慌不忙地说：“我没有布票。”

听了我的话，她脸上的笑容还在，但拿围裙的手就想往回缩了。

我忙说：“可是我有一张背心票啊。”

那时候，我们虽然不发布票，但每人每年有一张背心票，可以买一件背心。

她垂着睫毛说：“可是，围裙和背心是不一样的。”

我说："是啊，是不一样。但是，如果我没有背心票，要买一件背心，就要给你两尺布票。对不对？"

她又笑起来说："是这样规定的。"

我说："那现在我用背心票换你的两尺布票，也说得过去啊。所以，我就可以用这个背心票买藏族围裙了，你说是不是啊？"她开心地笑了，露出珍珠一样的牙齿说："这样的买卖，我以前从来没有做过。不过，你说得也有道理。就按你说的办吧，谁让你这样喜欢我们藏族的花围裙呢。"

我高高兴兴地抱着围裙回了家。伙伴们都开心极了，每人扎着围裙照了一张相。

只可惜那时的相片都是黑白的，不能充分显示出我的藏族围裙是多么光彩夺目。

惊险的炉子

高原奇冷，一年要生九个月的炉子。因为氧气少，一般的煤很容易熄灭，就要烧焦炭。

焦炭是一种银灰色的固体，是煤经过高温干馏后生成的，闪着清冷的金属光泽。它从遥远的平原运上山，走了很远的路。听人说，加上运费，一斤焦炭的价钱比一斤白面还贵。所以，烧焦炭的时候，就有一种烧钱币的感觉。焦炭也有缺点，它燃烧的时间虽比煤长，但很不容易点燃，每块充满小孔的焦炭都像石头一样阴沉着脸，不愿把自己辛苦积攒起来的热量释放出来供人们享用。于是，每次生炉子就成了一个难题。

小如生炉子的手艺最好了，她先把干柴劈成比火柴粗不了多少的细棍，像喜鹊搭窝一样架在炉膛里；柴下面塞着一团松软干燥的纸，充当引煤；再在柴火上面铺满了核桃大小的焦炭。焦炭的体积很重要，太小了，彼此间没有缝隙，就会把火苗憋死；太大了，柴火来不及把焦炭引着，自己就先烧光了，前功尽弃。

小如把一切都准备好以后，就把炉门紧紧地关闭，炉盖也扣得严丝合缝；再用一只大铁壶镇在炉台上，好像炉膛里禁闭着一个妖怪。

然后，她匍匐在地，往炉底出炉灰的小口伸进一根火柴，像小偷一样蹑手蹑脚地把炉火点燃，炉子就发出柔和的风声，伴以极轻微的爆裂声……

我们焦急地等待着，很想看炉膛里的情形究竟怎样。但小如像个卫士似的守着炉子，说：“不能看，一看三不着。”

我们恨恨地说：“又不是什么宝贝，看看还能化成水啊？”

小如慢声细语地说：“你们见过蒸馒头吧？没熟的时候是不能看的，一看跑了气，冷风灌进去，馒头夹生了，就再也蒸不熟了。刚点燃的炉子就像婴儿一样软弱，一看，它就不肯着了。”

面对这样富有人情味的点火者，你能有什么法子？只好乖乖地耐着性子等待了。

炉子像绵羊一样听小如的话，虽然我们看不到里面的火焰，但周围的空气不可遏止地温暖起来，炉膛射出看不见的红光，把我们的脸烤得红热如花。

我对小如的本领又羡慕又不服气。有一次，小如不在的时候，炉子熄灭了，整个房间冰冷如窖。大家发愁地说：“小如要是再不回来，我们的血就要结冰了。”

我说：“让我来试试。”大家抱着死马当活马医的想法，就同意了。

一切都是按小如在时的样子操作。我也严格地执行纪律，谁也不准看。我们静静地等了一个小时，手都冻僵了，炉子还是大智若愚地沉默着。我终于忍不住了，一把掀开炉盖。只见满膛的焦炭像严肃的眼睛，漠然地注视着我们，没有一点儿发红发热的意思，甚至连最下面的柴火都没有燃烧。

我气得不行，说：“它们不肯着，我们泼一点儿汽油，看它们还能不能这样一声不吭？！”

大家都说这是一个好法子，分头行动，一会儿就搞来了一大罐头盒汽油。

由我动手，从炉口自上而下，把汽油泼了个痛快。每一块焦炭都黑黝黝地像宝石一样泛着蓝光，柴火也油汪汪地好像浸满松脂。

我兴致勃勃地划了一根火柴，从敞开的炉盖丢进膛里。

只听“砰”的一声巨响，炉子与烟囱的交界处裂开了一个大豁口，一个橙红色的火球蹿天而起，大股的浓烟像手榴弹爆炸似的咆哮而出，飞舞的火舌像一种奇怪的植物四处翻卷着叶子……

我们惊恐万状地退据墙角，被烟尘呛得鼻涕眼泪一齐流。

小如恰好这时回来了，拉着我们逃到院子里。“这是谁的主意啊？”她就是发脾气的时候也是细声细气的。

我惭愧地说：“是我，没想到汽油这么厉害。”

小如说：“汽油燃烧的时候，体积一下子会膨胀好多倍，幸好你没盖炉盖，要是捂得太严密了，炉子会爆炸的。所以，不能用汽油来生炉子，你可一定要记住啊！”

我说：“记住了。可是我不明白，我的一切步骤都跟你是一样的，为什么就生不着炉子呢？”

这时屋里的烟雾已经慢慢消散，小如牵着我的手走进来，细细地查看黑黝黝的炉子。过了一会儿，她问：“你是不是放了许多引火的纸啊？”

我说：“是啊，纸放得多，才能引燃柴火嘛！”

小如轻轻一笑说：“问题就出在这里了。你放的纸太多了，燃烧的纸尘把炉箅子透气的通道都堵死了，就像人被捏住了气管，炉子自然点不着了。”

我真是哭笑不得，一个铁皮炉子，居然比人还娇气。

后来，我跟小如学会了生炉子，成了除她以外的第二位好手。有一次，我生的炉子，整整八个月的时间没熄灭，也算创了昆仑山上一个小小的纪录呢！

在雪原与星空之间

拉练的夜晚，我们在雪原与星空之间露营。

两顶雨布搭成的帐篷很窄小，像田野中看秋儿的农人用玉米秸搭的小窝棚。我和小鹿头脚相对，用体温暖和着对方。刚躺下的时候，根本睡不着。平日柔软的被子，此刻变得铁板一样冷硬，被头像锐利的铁锹头，直砍我们的脖子；棉絮好像变成了冰屑，又沉又冷地压在身上。“这是怎么回事？被子被施了妖法！”小鹿在对面瓮声瓮气地说。我本想看看她，但沉重的负担使我没法抬起头来。为了保暖，我们把所有的物品，比如十字包、干粮袋、皮大衣，包括毛皮鞋，都堆在被子上面，像一座拱起的绿色坟堆。此刻，要是有一双眼睛从帐篷外窥视我们，一定以为这是军需品仓库。

我说：“被子也不是暖气，自己不会产生热度。它像个水银瓶胆，装进开水它就热，放根儿冰棍它就凉。我们在零下几十摄氏度的气候里行军，被子的温度当然也是零下了。不能着急，得靠自己身体的热气，把被子焐热，才会觉得暖和。”

小鹿说：“只怕到了明天早上，我们还像两条冻带鱼一样，舒展不开手脚。”

我说：“反正也睡不着，咱们就说说在高原露营的好处吧。”

小鹿说：“有什么好处？硬要说，第一个好处就是让你不但不困，而且精神抖擞。”

此话千真万确。不管你行军多么疲劳，在越来越深的午夜中，寒冷的空气好像不是吸入肺里，而是进了胃里，化作无数薄荷糖，让你从里往外透出绿色的清醒，神志警觉无比。

我说：“可惜这是以第二天的疲倦为代价的，要不然，真该推荐所有的科学家都到高原来工作，人类的伟大发明一定会成倍增加。”

小鹿说：“第二个好处是空气新鲜。城里的空气，被人的鼻子滤过千百遍了；这里的空气从没有人呼吸过，就像从没被污染过的泉水，你说是不是世界一绝？”我说：“空气倒是很新鲜，只是它里面的氧气含量太少。这就像是一种外表很美丽的果子，里面的果仁却又瘦又小，营养太少，中看不中用。”

小鹿说：“这话可不对，你敢说这里的空气不中用？那你把头钻进被子里，再捏住鼻子，要是你能支撑三分钟以上，明天我帮你背手枪。”

我说：“我当然不敢把头埋进被子，你的脚太臭了。

至于手枪，你别卖个假人情。你知道规定是人不离枪，枪不离人的。”小鹿说：“谁的脚要是在这种滴水成冰的时候，还能出汗，一定是‘赤脚大仙’托生的。不信你试试嘛，百见不如一闻。”我不想扫小鹿的兴，就把头缩进被子，但根本不喘气，然后很快地探出头来，说：“喔，真的没什么味了。”

小鹿很高兴，说：“露营的第三个好处是，可以增长你的天文学知识。你看，天上的星星亮得像猫眼！”

我们的雨布虽然薄，但没破洞，只有从两侧的缝隙中观察星空。铁锹做的帐篷杆和雨布的边缘构成的间隙，很不规则，像是一幅抽象图案。我说：“根本看不到天空的全貌。从我这个角度，北斗七星只能看到一个勺子把儿，牛郎只挑着一个孩子，另一个孩子丢了。”小鹿说：“你以为我这儿完整吗？银河基本断流，蟹状星云变成了对虾的模样。”

我说：“啊哟，真了不起，还知道星云。”

小鹿说：“我妈妈最喜欢天文了，从小就教我。”

于是，我们半天都不说话。最后，还是小鹿打破了沉默，说：“我们别说妈妈，那样说一会儿就会流泪的，还是说星星吧。”

我赶快拥护，说：“就形容自己看到的天和星星的模样吧。”

小鹿赶紧说：“好！”

想念亲人就像大海中危险的台风眼，我们思维的小船要赶快掉转航向，飞速离开。我摇头晃脑地端详了半天，说：“从我这个角度看天空，它的轮廓像一个宝蓝色的树冠，树上结着许多银色的榛子。”小鹿说：“从我这边看啊，天空的形状像是一件天蓝色的礼服，那几颗最明亮的星星，就是礼服上的银扣子。”

我调整了一下姿势，又说：“从我的铁锹把儿侧面看过去，天像一扇敞开的蓝色大门，星星就是门上凸起的门钉。”

小鹿也扭转身子说：“我有一个比喻，你可不要笑我。你答应了，我就说。”

我说：“只要风和雪不笑你，我才不管呢。”小鹿说：“从我这儿看上去，天空像有一头蓝色的奶牛。那些凸起的星星，就像奶牛的乳头，它们离我们这么近，好像一伸手就可以摸着；用嘴吸一吸，就会有白色的乳汁流出来。”我笑起来，说：“小鹿，你是不是饿了或是渴了？”

小鹿说：“你一提醒，我才想起雪原上露营的最大好处，那就是你随时都有冰激凌吃。”

小鹿说着，伸手到褥子下面去抓，我听到类似野兽爪子搔爬的声音，再以后是积雪被挤压的声音，最后是小鹿咯吱吱的嚼雪声和牙帮骨大肆打架的声音。

我们的身下，枕着一尺厚的白雪。领导宣布在这里露营以后，我埋头用铁锹拼命挖雪，一会儿就在身边堆起一座小雪山。领导走过来说：“你这是干什么？”

我说：“把雪挖走，才能把铁锹埋进土里当支柱，把帐篷支起来。”

领导说：“你这个傻孩子，雪下面是冰，睡在冰地上，明天你的关节就像多年的螺丝钉淋了水，非得锈死不可。”

我说：“冰和雪还不是一样吗？”

领导说：“当然不一样了。雪是新下的，并不算冷。你没听俗话说过，下雪不冷化雪冷吗？雪底下的永冻冰层，那才是最可怕的。睡在雪地上，就像睡在棉花包里，很暖和的。”我半信半疑，但实在没有力气把所有的冰雪都挖走，清理出足够大面积安营扎寨，便只好睡在雪上。这会儿看小鹿吃得很香，不由得也从身下掏一把雪吃。为了预防小鹿汗脚的污染，特地选了我脑袋这侧的积雪。海拔绝高地带纯正无瑕的积雪，有一种蜂蜜的味道。刚入口的时候，粗大的颗粒贴在舌头上，冰糖一般坚硬。要过好半天，才一丝丝融化，变成微甜的温水，让人吃了没够。

一时间我们不作声，咯吱吱地吃雪，好像一种南极嗜雪的小野兽。我说："小鹿，你把床腿咽进去半截了。"

小鹿说："你还说我？你把床头整个装进胃里了。"

我们互相开着玩笑，没想到才一会儿，我和小鹿的身体都像钟摆一样哆嗦起来，好像有一双巨手在疯狂地摇撼着我们，这才感到雪的力量。

"小鹿……我们……不能再……吃下去了，会……冻死……"我抖着嘴唇说。

小鹿回答我："好……我不吃了……我发现雪是越吃越渴……"

我们把自己缩成小小的一团儿，借以保存最后的热量。许久，许久，才慢慢地缓过神来，被雪凝结的内脏有了一点儿暖气。

"我有点儿困了。"小鹿说。

"困了就睡呗。"我说，觉得自己的睫毛也往一起粘。

"可是我很害怕。"小鹿说。

"怕什么？我们的枕头下面有手枪。真要遭到袭击，无论是鬼还是野兽，先给它一枪再说。周围都是帐篷，会有人帮助我们的。”我睡意蒙眬地说。

小鹿说：“我不是怕那些，是怕明天早晨我们起来，会漂浮在水上。”

我说：“怎么会？难道会发山洪？”

小鹿说：“你是不是感到现在比刚才暖和了？”

我说：“是啊，刚才我就觉得暖和些了，所以，才敢吃雪；吃了雪，就又冷了半天。现在，好像又缓过劲儿来了。”

小鹿说：“这样不停地暖和下去，还不得把我们身下的雪都焐化了？明天我们会在汪洋中醒来。”

我说：“别管那些了，反正我会游泳。”

小鹿说：“我不会。”

我说：“我会救你的。你知道水中救人的第一个步骤是什么吗？”小鹿说：“让我浮出水面，先喘一口气。”我说：“不对，是一拳把你打昏，叫你软得像面条鱼。你这样的胆小鬼，肯定会把救你的人死死缠住，结果是大家同归于尽。把你打昏后，才可以从容救你。”

小鹿说：“求求你，高抬贵手，还是不要把我打昏。我这个人，本来脑子就笨，要是你的手劲儿掌握不准，一下过了头，还不得把我打成脑震荡，那岂不是更傻了？我保证在你救我的时候，不会下毒手玉石俱焚。”

我说：“哼，现在说得好听，到时候就保不准儿了……”

小鹿说：“我们是同吃一床雪的朋友，哪儿会呢……”

我们各自抱着对方的脚，昏昏睡去。起床号把我们唤醒的时候，已经是高原上另一个风雪弥漫的黎明。我们赶忙跳起，收拾行装。待到我们把被褥收起，把帐篷捆好，才来得及打量了一眼昨晚送我们一夜安眠的“雪床”。嗨！伤心极了，我们太高估了人体微薄的热量。雪地上不但没有任何发洪水的迹象，就连我们躺卧的痕迹，也非常浅淡，只有一个轻轻的压痕，好像不是两个全副武装的活人曾在此一眠，而是两片大树叶落在这里，又被风卷走了。只是在人形痕迹的两端，有几个不规则的凹陷，好像某种动物遗下的爪痕。

那是我们半夜吃雪的遗址。

长寿眉

世上原是无所谓城市也无所谓农村的。住的人多了，农村就成了城市。城里的孩子没见过农村，农村就成了城市的反义词。

第一次见到农村，我14岁。

军宣队组织学生到乡下帮助秋收，下了火车，要走十八里夜路。

农村的夜，比城里的夜要黑得多。每当一团蘑菇样的阴影卧在道路前，我们都以为是将要到达的那个村庄。向导却总不说“停”，他的烟斗在黑夜中像一朵有生命的小红花，花开花落很频繁。

不知道长短的路，最累，我们便开始唱歌。唱完了所有的革命歌曲，村子还没有到。沉默像一副行李，深深楔进肩胛。咋不唱啦？向导说。朦胧的星光下，我看到他有很长的眉。好歌都唱完了！我们说。那就唱不好的吧！他说。贫下中农发了话，我们自然遵命。许多优美的抒情歌曲，陪我们走到小村庄。

村庄里到处都是梨树。鸭广梨，梨中不名贵的一种，样子也不好看。疙里疙瘩不圆滑，像是没有睡出模样的婴儿头。我们住在向导家，清明的曙色中，看见他的眉毛是黄色的，像猫的胡须一般奓起。

我们干的活儿是把刨出来的白薯装车，运到北京城。那时一斤粮票可以买五斤白薯。向导在地头说，白薯是支援城里工人老大哥的，凡有疤有伤老鼠咬了的，都挑出来。我们便照着他说的做了，拣出一大堆不装车的。向导火了，说，谁说这些不能吃？乡下人吃得，城里人就吃不得吗？倒回去，倒回去！于是我们的劳动基本无效。

活儿很累，我们便盼着下雨。真下雨了，梨子被打掉许多，半浮半沉地卧在泥水中，像一只只黄色的小瓢。吃梨！向导说。我们都不吃，我们记着三大纪律八项注意。向导的黄眉毛簌簌发抖，像要飘落下来。吃！遭了水的梨，不吃就烂了！他用篮子提了梨，倒在地上，用对孙子讲话的口气对我们说，不吃是罪孽！

他没有孙子，是个老绝户。他说他的眉叫长寿眉，出太阳的时候，就在院子里晾他的寿衣。那些平日难得见到的湛紫、亮黄、趣蓝的颜色，给人以苍凉的震慑。我们都是在城里破过四旧的小将，却很仔细地为长寿眉的寿衣扑赶鸟雀，怕玷污了他那庄严的冥界时装。

因为喝不惯生井水，许多同学开始闹肚子。军宣队号召向贫下中农学习，锻炼喝生水。长寿眉从自家的柴火堆里掏出干草，丢到我们脚下，说，喝开水。我以前见地主的少爷都是喝开水，你们也是读书人。华北平原少柴，引火无非是干燥的麦根和玉米根。长寿眉的柴屋遭了雨淋，四周浸湿，只有垛中间才留点儿可烧的。我们说不要，长寿眉的黄眉毛，就像马鬃一样飘荡起来。我们只好要了。开水很好喝。

我们要走了。长寿眉一遍一遍对我们说，去年住他家的学生，临走时送了他一包点心，前年的学生，送了他一包白砂糖，大前年的……我们刚开始迟钝，后来终于明白了他的启发诱导，觉得这也太不像贫下中农了。架不住他一次又一次地回忆，我们凑了钱和粮票，给他买了点心也买了糖。

长寿眉把纸包戳一个洞，让点心角和糖纸的翅子，露在薄黄的包装纸外。自己不吃，提到邻居家去，也不给邻居家的小孩吃。

我们临走的时候，他送我们每人一包木耳。那价值远高于我们凑份子买糖果的钱。

去火车站的时候，他驾牛车送我们。牛车驮着我们的行李，颠颠簸簸像一艘海船。长寿眉扬起鞭梢，准确地打在一头老黄牛身上。

为什么要打老黄牛呢？我们说。想起了这个形象的神圣。

他奇怪地扬了扬黄色的眉毛，眉毛像衰草一样耷拉下来。老黄牛咋不能打呢？它在偷懒呀！

许多年过去了。我不知道老向导是否还生活在那植满梨树的小村庄。他有那么长的长寿眉！

碗里的小太阳

我不吃羊肉，总觉得那肉里有一股青草味儿。小的时候，跟父母到北京的东来顺馆子里吃过一顿涮羊肉，回来后全身起了风疹。医生说是过敏，让我终生忌食羊肉。

到了西藏，羊肉就成了主要菜肴。做法很粗犷，用斧子将整头羊劈成碗口大的坨子，连骨头带肉丢进高压锅，再塞入一块酱油膏，撒点儿作料，拧上锅盖急火猛攻。一个小时后，一道名为“大块羊肉”的高原菜就算烧得了。大家就拎着饭碗来打菜。

我对同屋的果平说：“你把我的那份儿菜打走好了。”

果平说：“那你吃什么呀？”

我说：“吃咸菜呀，我是宁肯吃咸菜也不吃羊肉的。”

果平说：“你好傻啊，会写美丽的‘美’字吗？”

我说：“会写呀！”说完，就用勺子把儿在手心上写了一个大大的“美”字给她看。

果平说：“原来你还挺聪明的呀！那你为什么不吃羊肉呢？什么叫‘美’？‘大’‘羊’两个字摞起来就是‘美’啊，西藏的羊多大啊！”

我便如实相告，吃羊肉过敏。

于是，在吃羊肉的日子里，只有我一个人孤零零地吃咸菜。时间长了，被炊事班长发现，他说：“老吃咸菜怎么行？长久下去会得病的。”

我说：“那好啊，你给我做猪肉。可那些猪肉都是从平原运来的，数量不多，都让我吃了，就太对不起大家了。”几次小灶以后，我对炊事班长说：“我还是吃咸菜吧，这样心安。”

炊事班长见我很坚决，就说：“要不这样吧，你跟我到食堂的库房里挑一挑，看你喜欢吃什么，就拿点儿什么，反正每个人都有一份儿伙食费，你不吃羊肉就吃别的好了。”

我第一次走进库房。哇，好丰富！一箱箱的奶粉，成麻袋的红糖白糖，还有花生米、葡萄干、脱水菜、压缩饼干……真够琳琅满目的。可惜都是干菜坚果类，根本引不起人的食欲。

“你就没有蔬菜吗？比如红红的萝卜、绿绿的黄瓜？”我实在太渴望吃青菜了，明知没有多少希望，还是试探着问。

“有啊。”炊事班长很肯定地说，随手拈出一筒罐头。三下五除二，打开来，倒真是有红红的萝卜、绿绿的黄瓜，只是它们强烈地冒出一股酸气。原来这是酸菜罐头。

吃了几次酸菜罐头，我就腻了。我跟在炊事班长的屁股后面转，突然发现一只神秘的小麻袋，袋口的线绳扎得紧紧的，灰头灰脑地缩在墙角。

“那是什么？可不可以吃？”我问。

“吃不得。那是一种虫子干儿，有怪味道。”炊事班长说。

我好奇地解开绳子，出现在眼前的是满满的一麻袋红橙鼓胀的——大海米！

“噢！我今天就吃这种虫子干儿了！”我快活地大叫着，要知道我们自打到了西藏，还没尝过海味呢！我顺手抓了一把海米填进嘴里，嚼得咯咯响，鲜香满口。

炊事班长吃惊地瞪着我，因为他自小生活在西北的山区，从没见过海里的生物。

但连续吃了几次海米之后，我又腻了。这一回，我长了经验，不让炊事班长当向导，自己在库房里转呀转，想再发掘出点儿不同凡响的食品。

果然，我又找到一只奇怪的麻袋。看起来鼓鼓囊囊，拎一下却很轻。打开一看，原来是又大又圆的山西红枣。

我立刻用随身带的饭盆舀了半盆，连蹦带跳地跑出库房，对等在外面的炊事班长说：“我今天就吃这个喽！”

炊事班长说：“这个当零食吃可以，当正经菜可不行。”

我说："能行能行，又能当菜又能当饭。"说着就跑远了。

以后，我和我的朋友们就热切地盼着吃羊肉的日子。我进库房用来盛红枣的器皿越来越大，最后，简直变成了一只小脸盆。炊事班长吃惊地说："你一个女孩子，一顿吃得了这么多的红枣吗？小心别闹肚子。"

我说："当然吃得了，你就放心吧。"

他不知道，每次都是我们全屋的女孩子一块儿吃红枣。在那些最严寒的日子里，我们团团地围坐在火炉旁，把红枣洗净，撒上白糖，放在小锅里，慢慢地煮。

在呼啸的风雪声里，红枣渐渐地膨胀起来，好像一轮轮暖洋洋的小太阳，把我们的脸都映得红艳艳的。

女孩子吃红枣，是很补身体的。

在印度河上游

第一眼看到狮泉河，瞬间即被震撼。

它的河床不很宽，闲散地躺在布满红柳的沙砾滩上，好似大战后失去血色有几分苍白的蟒蛇。它的河水也不很急，泛着细碎的鳞花，仿佛那受伤的蟒，正在呻吟着休养生息，以图再战。

使我惊讶的是它的纯净，水的一种至高无上的状态。当你看到一小支蒸馏水的时候，会惊讶它的透彻和洁净；当你看到一瓶蒸馏水的时候，会叹息它的清爽和工艺；当你注视着一条滚滚而来的大河，在傍晚和黎明探视它，排除阳光闪烁的金斑干扰的时候，你如同与一条通体透明的恐龙对视。洞穿它每一个漩涡的脏腑，分辨出每一块卵石的纹路，那一刻，你会感到水的至清无瑕是一种巨大的压迫与净化。

狮泉河水是高峰上万古不化的寒冰融化而成，那时候，还没有矿泉水、太空水这样雅而商业化的称呼，我们直呼它为冰川水。

在寒冷而不结冰的日子，狮泉河是温顺而峻峭的，如同一把银光闪闪的藏刀，锋利地切割着高原峡谷，蜿蜒向远。我查了地图，知道它流经国界之后，就成了大名鼎鼎的印度河，最终汇入印度洋。

我不知道它为什么叫狮泉河，问过很多人，都说，顾名思义呗，可能是狮子像泉水一样地跑过来，或者是河水像狮子一样地跑过去吧？

不论谁像谁，那狮子一定有着雪白的长长的鬃毛，跑动起来，好似雪雾掠过山巅；它愤怒的时候，吼声会引发连绵的雪崩。

在高原上阳光最充沛的日子，我们接到赴狮泉河畔抗洪的通知。我看看天，天是那种雪域特有的毛蓝色，如同“五四”后革命女生新做的旗袍，干爽平整，没有一丝乌云。太阳把亿万颗金针，肆无忌惮地从高空镖射而下。我感到光芒从军装罩衣的缝隙刺进棉袄深处，使僵硬的老棉花里蕴藏的冷气，渐渐发酵酥胀。

“这样的天，怎么会发洪水呢？瞎指挥吧？”新兵的我，不知天高地厚地说。

老兵拎着铁锨，一路小跑着说：“你那是平原的皇历。在高原，越是有太阳，越是发洪水。水是阳光的孩子！快走吧！”

我这才恍然大悟。在阿里，有一条特殊规律——如果连续出现几个晴空万里的日子，你就要到狮泉河防洪。

当兵的人，洗被子是个大工程，除了费力，主要是缺乏工具。每个人只有一个小脸盆，洗一件军衣就爆满，泡沫横飞；若把被子塞进去，活似大象进了茶壶，涌得皂水四溢，泛滥成灾。我提议，单是洗，就在脸盆里凑合了；透水的时候，到狮泉河去。让河水这个天大的盆，把我们的军被冲刷一净。

我们的营地距狮泉河不过百余米，不一会儿就到了。当我们兴高采烈地把军被放到狮泉河里时，立即发现失算了。狮泉河绝不是一个温顺的女仆，它躁动着，在表面上虚怀若谷的水波下，掩藏着湍烈的暗流。军被一入水中，瞬间就被水流展开，好像一堵绿色的堤坝，斜着立在水里，堵住了狂放不羁的冰川之水舒展的手臂。

我们用手攥着军被，手指上感到有巨大的冲击力，好像拽着一只大风筝，随时都会凌空而起。河水愤怒地冲撞着巨帘，军被膨胀成可怕的弧形，好像风暴中就要绷裂的船帆；河水幸灾乐祸地激起漩涡，戏耍地兜着我们的军被绕圈子，好像那是它抽打的一只只翠绿陀螺。我们感到了越来越大的吸引力，狮泉河在粗暴地邀请军被和它的主人，一道共赴水中央。

“姑娘们，快松手！否则会被卷进狮泉河的！”远处有人看到了我们的危险，大声叫道。

我们置之不理。真是开玩笑！一松手，被子就被龙王爷借走了，今晚盖什么？此刻已完全不幻想狮泉河免费帮我们漂洗被子了，最要紧的是在激流中把军事财产抢救回来。于是，拼命捏住仅剩在手中的被子角儿，好似那是网绳。被子像大鱼，不安分地甩动着。手被泡得发白，指甲因为用力和寒冷，已变得青紫，渐渐地失去知觉。骨节因为负重和要命的扭转，已肿胀如镯。

眼看单凭手的力量，无法和内力深厚的河水抗衡了。随着时间的推移，手指渐酥，气力越来越小，眼看就攥不住了，被角一丝丝地从指缝拔出，马上就会漂逸而去。不知是谁喊了一句：“看我的！”眼瞧着她的被子就像施了魔法，“嗖”地就脱离了险境，朝岸上卷去。我赶忙一眼瞟去，学习先进经验。原来那女孩儿跳进了岸边的浅水里，把军被缠在了腰上，下半身水淋淋的，但终于控制住了局势。狮泉河再猖獗，一时也卷不动百八十斤重的人，被子就虎口脱险了。

我们都忙不迭地照此办理，不一会儿，一一化险为夷。站在岸边，抱着被子，一任狮泉河水从被角和裤脚流淌不息。

赶来援救的老兵们说：“我们这些汉子都不敢让狮泉

河帮着洗衣服，知道它暴烈无比。你们这些女娃啊，怎么比男人还懒！”

我们把被子放进脸盆，嘻嘻哈哈地往回走。刚开始所有的脚印都是湿的，且淋漓模糊巨大无比。走过红柳滩，沙包舔走了一些水分，脚印就只剩下半截，好像一种奇怪的小兽在奔逃。大家都说，今天的被子洗得真干净！仔细端详，军被的绿色，已被激流抽打出一缕缕白痕。

狮泉河结冰，如梦如幻。

那是一日清晨，我们按照惯例，到狮泉河边出操。走着走着，就觉得异样。狮泉河寂静无声，好像已经不复存在。平日的狮泉河大智若愚，也不好喧哗，但仍有一种男低音似的轻啸，在山谷中贴着巨石回荡。我们熟悉它，就像倾听高原的呼吸，此刻，怎么一夜之间就无端地沉寂了呢？

走到河边，大惊失色。狮泉河在骤然而至的严寒中，瞬间凝固。高高的水浪腾在空中，卷起优美的弧度，僵硬如铁；周围簇拥着迸溅的水珠，若即若离，与主浪以极细的冰丝相连，好像逃婚的孤女最后回眸家园。狮泉河被酷寒在午夜杀死，然而，它英勇地保持了奔腾的身姿，一如坚守到最后一分钟的勇士；它坚守了一条大河无往而不胜的气概，只是已粉身碎骨了无声息。

我们被骇住了！无论从黄河长江还是更冷的东北来的兵，都说从未见过这种奔腾中凝固的奇观。我怯怯地走过去，轻轻地抚摩着波浪。它冷硬尖锐、千姿百态的曲线，流畅无比，滑润若骨；浪尖绝非平日所见的那般柔软，简直可以说是很锋利的，如短剑一般直指前方，切割着严寒，触之锵然有声。不一会儿，手指就像五根空中钢管，把脏腑的热气偷漏给了冰浪。那朵吸走了我体温的浪花，姿容不改，只是花心沁了一点点雾气，显出晶莹的朦胧。

是的，平原上的人，难得有机会抚摩到如此坚实的浪花，它钢筋铁骨，铮铮作响。平日我们在海边探着手指，沾了一手水，自以为抚摩浪花的时候，浪花其实早已冷漠地却步抽身了。我们摸到它蜕下的壳，至多只能算是它的背影甚至残骸了。

狮泉河的支流，是一条条自雪山而下的小溪。在温暖的季节，它们匍匐在石缝里，并没有一定的河道，肆意流窜着，好像撒欢的野鼠。下乡巡回医疗的救护车，常常会陷在这样的水流里，前进不得，后退不得，引擎徒劳地轰鸣着，在山谷中发出空旷的回声。

“姑娘们，你们到远处的岸上歇着吧。”同行的老医生边挽着袖子边向我们挥手说。看来得下水推车了。

“我们不走，为什么要赶我们走呢？多一个人不是多一分力量吗？”我们不走，也跟着挽袖子。

“狮泉河是不喜欢女人的，所以，你们必须得走。”老医生不容置疑地命令。

没办法啊，当兵就是这个样子，每个老兵都好像是你的再生父母，你必须服从。

我们几个女孩子，愤愤地向远处走去。脚都酸了，认为走得够远了（高原是很容易疲乏的），刚要停下来，一直用眼光监视着我们的老医生，大声地喊道：“不行，太近了，还得走，走得越远越好！”

我们只好沿着小溪向上游走去，走几步，停一停，直到老医生不再用声音的鞭子驱赶我们。这时回过头去，只见人已小得像苍穹下的一颗绿豆。

你们怎么推车呢？我们呆呆地看着流动的河水，天渐渐地黑下来，河水变得更加冷蓝了。

喔，原来男人们都把衣服脱了，下河推车了……我们几个女孩子，谁也不再说话，只是把手伸进黄昏的河水，感受到手指的麻木，一寸寸地从指甲向胳膊根儿处蔓延，用这种愚蠢的行为，和战友同甘共苦。也许，我们的体温会使冰冷的狮泉河水提高一点儿温度，当它流到下方的时候，会使推车的人少受些寒冷？

我在西藏阿里军分区工作了11年，狮泉河流经我的整个青年时代，它清澈澄净，洗涤着我的灵魂。

在这个物欲喧嚣的世界上，我怀念那种纯净的水。纯净而有力量，是很高的境界。复杂常常使人望而生畏，很多种因素混合在一起，叫人摸不着底细，以浑浊佯作高深。我不知道狮泉河是不是世界上海拔最高的河，但我想，它的透明和清澈，该是在地球上名列前茅的。当我默默地站在它的一侧，凝视着它的时候，我会感到一种伟大的包容和冲决一切的勇气。

人是自然之子，无论上山下乡在历史上会被如何评价，但它把无数城市青年驱赶放逐到自然与社会的最原始状态，使这些人在饱尝痛苦的同时，深刻地感受到了自然的博大与森严。

离太阳最近的树

30年前，我在西藏阿里当兵。

这世界的第三极，平均海拔五千米，冰峰林立，雪原寂寥。不知是神灵的佑护还是大自然的疏忽，在荒漠的皱褶里，有时会不可思议地生存着一片红柳丛。它们有着铁一样锈红的枝干，凤羽般纷披的碎叶，偶尔会开出谷穗样细密的花，对着高原的酷寒和缺氧微笑。这高原的精灵，是离太阳最近的绿树，百年才能长成小小的一蓬。到藏区巡回医疗，我骑马穿行于略带苍蓝色调的红柳丛中，曾以为它必与雪域永在。

一天，司务长布置任务——全体打柴去！

我以为自己听错了，高原之上，哪里有柴？

原来是驱车上百公里，把红柳挖出来，当柴火烧。

我大惊，说，红柳挖了，高原上仅有的树不就绝了吗？

司务长回答，你要吃饭，对不对？饭要烧熟，对不对？烧熟要用柴火，对不对？柴火就是红柳，对不对？

我说，红柳不是柴火。它是活的，它有生命。做饭可以用汽油，可以用焦炭，为什么要用高原上唯一的绿色？

司务长说，拉一车汽油上山，路上就要耗掉两车汽油。焦炭运上来，一斤的价钱等于六斤白面。红柳是不要钱的，你算算这个账吧！

挖红柳的队伍，带着铁锨、镐头和斧子，浩浩荡荡地出发了。

红柳通常都是长在沙丘上。一座结实的沙丘顶上，昂然立着一株红柳。它的根像一柄巨大章鱼的无数脚爪，缠附至沙丘逶迤的边缘。

我很奇怪，红柳为什么不找个背风的地方猫着呢？生存中也好少些艰辛。老兵说，你本末倒置了。不是红柳长在沙丘上，是因为有了这棵红柳，固住了流沙。随着红柳的渐渐长大，流沙被固住的越来越多，最后便聚成了一座沙山。红柳的根有多广，那沙山就有多大。

啊，红柳如同冰山。露在沙上的部分只有十分之一，伟大的力量埋在地下。

红柳的枝叶算不得好柴薪。它们在灶膛里像闪电一样，转眼就释放完了，炊事员说它们一点儿后劲也没有。真正顽强的是红柳强大的根系。它们如盘卷的金属，坚挺而硬韧，与沙砾黏结得如同钢筋混凝土。一旦燃烧起来，持续而稳定地吐出熊熊的热量，好像把千万年来从太阳那里索得的光芒，压缩后爆裂出来。金红的火焰中，每一块红柳根，都弥久地维持着盘根错节的形状，好像一颗傲然不屈的英魂。

把红柳根从沙丘中掘出，蕴含着很可怕的工作量。红柳与土地生死相依，人们要先费几天的时间，将大半个沙山掏净。这样，红柳就枝丫遒劲地腾越在旷野之上，好似一副镂空的恐龙骨架。这时需请来最有气力的男子汉，用利斧将这活着的巨型根雕与大地最后的联系一一斩断。整个红柳丛就訇然倒下了。

连年砍伐，人们先找那些比较幼细的红柳下手，因为所费气力较少。但一年年过去，易挖的红柳绝迹，只剩那些最古老的树根了。

掏挖沙山的工期越来越漫长，最健硕有力的小伙子，也折不断红柳苍老的手臂了。于是人们想出了高技术的法子——用炸药！

只需在红柳根部，挖一条深深的巷子，用架子把火药探进去，人伏得远远的，将长长的药捻点燃。深远的寂静之后，只听轰的一声，再幽深的树怪，也尸骸散地了。

我们餐风宿露。今年可以看到，去年被掘走红柳的沙丘，好像做了眼球摘除术的伤员，依旧大睁着空洞的眼睑，怒向苍穹。但这触目惊心的景象不会持续太久，待到第三年，那沙丘已烟消云散，好像此地从来不曾生存过什么千年古木，不曾堆聚过亿万颗沙砾。听最近到阿里的人讲，红柳林早已掘净烧光，连根须都烟消灰灭了。有时深夜，我会突然想起那些高原上的原住民，他们的魂魄，如今栖息在何处云端？会想那些曾经被困住的黄沙，是否已飘洒到世界各处？从屋顶上扬起的尘雾，通常会飞得十分遥远。

眼睛是一座彩虹桥

高原上的卫生员，没有正规的课堂，几乎像小木匠学徒一样，由老医生手把手地教。医学这门学问，不太适合自学，你没法在病人身上做试验，基本上不允许反复地失败。你付出的是时间，就算辛苦点儿不在乎，但病人付出的是血和生命，没法一而再、再而三地让你演习。

为病人做臀部肌肉注射时，老医生总是叮嘱："小心啊，千万别把针打到坐骨神经上，万一打错了，病人就会一辈子下肢瘫痪！"

想想吧，多可怕！你随意挥洒，几秒钟的一个动作，就让一个人永远地站不起来了，吓不吓人？但这根绞索似的坐骨神经究竟在什么地方，谁知道？你去问老医生，他会说："书上写着呢，自己看去吧！"可你翻开书一看，那张人体解剖图上，蛛网似的血管神经，画了几十上百条，好像一张军用地图。坐骨神经只是细细的一根，从肌肉中央穿过。臀部——活人身体里这个每天牢牢坐在凳子上的大部位，在书上缩成了乒乓球般的一个简图，埋伏其中的纤弱神经，头发丝一般，无法想象它的真实模样。更不用说在解剖图谱的下方，还一本正经地注释着"神经走向可有变异，本书仅供参考"的字样。

简直让你没法相信它。

老医生还形容说："万一把针戳到坐骨神经上，你会有竹签子扎在粉条上的感觉，这时候悬崖勒马，虽说有损失，还来得及弥补。所以，每次打针的时候，都要高度警惕。"

我们紧迫着问："那粉条是粗的还是细的？绿豆粉还是红薯粉？竹签子是毛衣针那样的还是穿糖葫芦那种竹棍儿？"

老医生拉下脸来，说："你们这帮女孩子怎么这么啰唆，不知道！不知道！医生的嘴护士的腿，这种事问老护士去！"

老护士的态度倒是不错，可惜只有一个人碰到过类似的危险情况。他说："注射的时候，碰到病人像弹簧一般蹦了起来，结果针头断在肉里面，幸好针只扎进去了一半，根部还像刺一样露在屁股外面。忙上来了几个人，把病人像犯人一样按住，赶快用止血钳揪着针尾，好歹把针拔了出来。"他抚着胸口说，"那一回，吓得我真魂出窍。"

我们很感兴趣地问："是扎在坐骨神经上了吗？"

老护士说："谁知道！也许是扎在病人的脑神经上了，要不他怎么会大叫一声蹦起来！"

我们锲而不舍地追问："有竹签子和粉条的感觉吗？"

老护士心有余悸地说："忘啦！忘啦！哪有那么复杂精细！不过从那以后，我看见屁股就害怕，打针的时候，尽量往臀部的上方和外方打，那里似乎离坐骨神经最远。"

我们趴在图谱上对照，发现老护士说的是一条真理。坐骨神经长得再怎么变异，也不会长到臀部的上外方去。就像马路上的安全岛，是一个保险地带。

我们照方办理，并不断发扬光大，直到有一天，老医生对我们说："我给病人开的医嘱是臀部肌肉注射，可你们把针戳到病人的腰眼上了。"

我们引经据典地说："那儿没有坐骨神经。"

老医生严厉起来，说："那儿有肋间神经！"

我们也生气了，说："这神经那神经，谁知道神经是个啥玩意儿？总有一天，大家都要得神经！"

老医生就愣在那儿，自己先发起神经来。

再比如说学习眼睛，老医生在墙上挂了一张彩色图，说是眼球的横剖面。就是说，用一把又薄又快的刀片，沿着眼球的横轴，向着颅骨方位切下，然后绘出图来。图倒是挺好看的，花花绿绿的，最上面是一座弯弯的拱桥，好像苏州园林建筑。据说，那就是虹膜。不过拱桥下面可没有小巧的木船和长长的流水，是一团电线似的黄斑，按照图上的标志，那是视网膜最灵敏的区域。

我隔着眼皮按了按很有弹性的眼珠，对照着这张神秘莫测的图，实在想不通滴溜溜圆的眼睛，怎么变成了一座五彩的拱桥。

我同老医生谈了自己的想法，他吹胡子瞪眼睛地说：“你的几何一定不好，没有空间想象力。”

我说：“那你别让我当卫生员好了，我正不想干这个呢！爬电线杆子不需要空间想象力，本来就在空间里。”

老医生被我呛得没话说，若有所思。

有一天，老医生对我们说：“你们愿不愿意上一堂人世间最真实的解剖课？”

我们齐叫：“当然愿意。”

老医生说：“那就要不怕吃苦，不怕受累，不怕爬山，不怕血……”

果平说：“这是上课还是打仗？怎么比拉练还艰难？”

老医生说：“算你猜得对，我们就是要到高高的山上去解剖。说穿了，是一种简易的天葬。”

天葬是当地兄弟民族的风俗，人死了，请天葬师把尸体背上专门的天葬台，用特制的工具，把肉身分解成无数的小块，飞翔的兀鹰就把分散的人体，噙向高渺的天空……

我们说："你会天葬吗？"

老医生说："我不会，但现在情况特殊，天葬师都找不到了，无法实施正规的天葬。我们可以通过解剖，达到和天葬同样的效果。我已经和病人的家属商量好了，由我来安葬他们故去的亲人，尽量达到天葬的效果，他们同意了。"

我们战战兢兢地说："什么时间？"

老医生一字千钧地说："明天。到时你们除了可以看到坐骨神经和眼球的构造，还可以看到真正的恶性肿瘤。"

那天晚上，我们都睡得很不安宁，总像有一双铺天盖地的灰色翅膀，毛茸茸地抚摩着我们的头顶。

早晨起来，小如穿上高筒毡靴，戴着口罩，佩着风镜，从头武装到脚。河莲笑她说："你这是上解剖课，还是去疫区作战？"

小如说："这样我的胆子就会大一些。"

死者是一个牧羊人，得的病是肝癌。病故后，家属本着对解放军的高度信任，把亲人的遗体托付给金珠玛米（解放军），由医生安排；家中活着的人，就赶着羊群向远方走去。老医生拿出一副担架，对我们说："把尸体抬到上面去。"

我们七手八脚行动起来。逝者是一个50岁上下的汉子，瘦骨嶙峋。我们把他从太平间请出来，安放在担架上，再把担架抬进解放牌大卡车车厢。

司机也是第一次执行这种奇特的任务，说："开哪儿去？"

老医生说："很简单，开到最高的山上去。"

司机说："那可办不到。咱们这里最高的地方是喜马拉雅山，爬上去的人都是登山英雄，汽车绝对上不了。"

老医生说："我的意思，是把车开到附近公路能够到达的最高海拔。"

司机说："明白了。反正我就一直往前开，开到汽车不能走的地方，再停下来。"

担架蒙着白单子，很圣洁的样子。解放牌汽车车厢里的地方不算小，但中央摆了一具担架，剩下的地方也就不很宽敞了。我们拼命地想离担架远一些，挤到大厢四角。但甭管怎么躲，与死人的距离也超不过两尺。我昨天还给这汉子化验过血，和他说过话，可此刻他却静静地躺在那里，再也不会呼吸。随着车轮的每一次颠簸，他像一段木头，在白单子底下自由滚动。

汽车在蜿蜒的公路上盘旋，离山顶还有很远，路已到尽头。司机把车停下来说："四个轮子没办法了，剩下的路就靠你们的'两个轮子'了，我在这里等你们。"

爬啊爬……终于，到了高高的山上，一伸手就可以摸到天的眉毛。我们"咚"的一声把担架放下，牧羊人差点儿从担架上跳起来。老医生把白单子掀开，把牧羊人铺在山顶的砂石上，如一块门板样周正，锋利的手术刀口流利地反射着阳光，簌然划下……他像拎土豆一般把布满肿瘤的肝脏提出腹腔，仔细地用皮尺丈量它的周径，用刀柄敲着肿物，倾听它核心处混沌的声响，一边惋惜地叹道："忘了把炊事班的秤拿来，这么大的癌块，罕见哪……"

"好了，现在，我把坐骨神经解剖出来给你们看。"老医生说着，将牧羊人翻转，把一根粗大的白色神经纤维从肉体里剔了出来。

"看清楚了吗？"他问。

"看清楚了。"我们一边点头，一边说。

"还要看什么？"老医生像一个服务态度很好的售货

员，殷勤地招呼着顾客。

“不，我们什么都不看了。”我们异口同声地说。

“好像我还记得，你们之中有谁说过，她不明白眼球的解剖，我现在可以演示给你们看。”老医生说着，又把牧羊人翻了过来。

我大叫道：“是我说的，可是我现在已经明白了，非常清楚了，我不需要您再演示了，我们想回去。”

“是的，现在最想做的一件事，就是回去。”我们迫不及待地说。

老医生狐疑地看着我们，说：“这个机会可是千载难逢，不过既然你们全都懂了，我就不给你们详细讲了。现在，你们慢慢往山下走吧。”

我们说：“你呢？”

他说：“我要留在这里，把牧羊人分成许多部分，让喜马拉雅鹰把他带到云中去，那是他信仰的灵魂居住的地方。”

我们说：“你害怕吗？”

老医生很沉着地说：“为什么要害怕呢？我这是在做善事啊！包括让你们看这些解剖的场面，你们一定觉得很残酷，其实一个好的医生，必须精确地了解人体的构造，这才是对生命的爱护。不然你看起来好像很仁慈，但因为稀里糊涂一知半解，就会给人看错了病，耽误了病情，那才是最大的残忍呢。”

我们除了点头，再也说不出别的话。

我下决心问道：“人的眼睛和别的动物的眼睛，是一样的吗？”

老医生说：“从理论上讲，哺乳动物的眼睛结构都是一样的。这话什么意思？”

我说：“哦，没什么意思，随便问问。”

听了老医生的话，我虽然从道理上明白了，在尸体上学习解剖，是正义正当的事业，但我还是无法在牧羊人的眼球上，进行学习研究。他曾经那么信任地注视过我，用的就是这双眼睛，我不忍心看到它破碎。还是以后找机会，在一只牛眼睛上学习吧。

我们走了，不敢往身后看。巨大的鹰群从我们头顶俯冲而下，好像是巨型轰炸机。

小鹿对我说：“你知道我今天最大的感想是什么吗？”

我说：“你看着我们累得不行，自己却躲了轻闲，一定在暗中偷偷地乐吧？”

小鹿说：“班长，别开玩笑。也许因为你们一直是在负重行军，所以就来不及想更多的事情。我空着手走路，想得就格外多些。”

小鹿附在我的耳边悄声说：“我想的是，生命真好！活着真好！年轻真好！”

金丝雪片

我看书喜欢明亮。装修新家的时候，先生主张在书房里悬挂一盏美丽的吊灯，书桌旁再辅以台灯或是地灯。我知道他是好意，但不合我心。我说，书房里完全没有必要装饰繁复的灯具，既花钱又不实用。你一定要买，我就弃权，因为不想为这小事而争执一番。如果你承认这间书房的使用权归我，尊重我的意见的话，请放弃吊灯。屋顶天花板上，仅装一盏功率强大的吸顶灯，发出雪一样白炽的光，照亮书柜中每一本书脊上的书名。至于我的写字台和电脑桌，由我自己来挑选台灯。式样不求，极普通即可，亮度却须狠，铺出一派灿烂的碎银，映照视野。

先生就笑了，说照你这要求配备起来，书房里的照明有几百瓦了。听听你对光线的这份渴求，好像你已经垂垂老矣，患上了重度的白内障。

我也纳闷起来，按说我的视力还不错，可以连续看几个小时的书而不觉疲劳，何以对光线这般挑剔？思来想去，终于掘出了久远的理由。

那时我年轻，在西藏当兵。大雪封山的日子，漫长的时光使人分不清是远古还是现代。我把周围所有人的书都借了来，从书页中间被老鼠咬出了贯通伤的《聊斋》

到色彩斑斓的色盲普查表，一一细细研读。我喜欢穿着绒衣绒裤外套棉衣棉裤，脚蹬大头毡鞋，中午时分暖暖和和地坐在旷野中（从宿舍推门走出，十步之外就是荒原了），在高原的阳光下读书。稀薄的空气最大限度地保存了阳光锐利的金色，照射到书页上，平凡的纸张化作了金箔，在山风的呼啸中闪动着诡异的光泽。书是有限的，我读得很慢很慢，生怕读完了再无书看。那些字经过阳光长久的烘烤，微微热辣，纸面上流动起了雾霭般的岚气。一些笔画变粗了，像树根的须毛扎入纸内；另有一些笔画纤细得如同要折断，好似支撑不起整个字体的重量，字就恍惚着，变成喝醉了酒的单腿精灵。

老医生走过来用手遮住书说，你这样读下去，会得雪盲。我说，雪盲不是看雪才会得的吗？我看的是书啊。老医生说，高原阳光下的纸片如同雪花，莹白反光，长时间地注视，会灼伤你双眼的视网膜。

我知道他说的没错，那些舞蹈着的字就是明证了。我只好恋恋不舍地把椅子搬回宿舍，在幽暗的石头砌起的屋内重新读书。复读那一瞬，书上的字都变长了，成为翠绿。

我依然喜欢在无人干涉的时候，到旷野中去读书。

我喜欢比照书中的人物，比如《聊斋》中的狐狸精在阳光下出没，有一种古今相搏的快感。我喜欢那种微醺于阳光和书页的双重迷醉，好像非如此便不得其中的真谛。也记得保护自己的眼睛，读得累了，会啪的落下眼皮，像展开一床柔软的被子，盖住我被阳光烤软的瞳孔。微仰着脸，眼前的世界变得像旗帜一般鲜红，甚至可以看清一个个鲜艳的血球，熙熙攘攘地走向拱桥一般的虹膜……

先生尊重了我的选择，书房被节能灯映照得雪洞一般。可惜再亮的灯光也无法比拟高原的太阳，往日由金丝和雪片的经纬织起的书锦，只存下褴褛的丝绦。

哪个女兵17岁？

那一天，朋友约我到军营去玩。军营在山中，冬天，树都轻装了，秀丽地戳入蓝天，更显出精干和苍凉。自从脱下军装转业到地方，我再没有踏进过军营的大门。一是没有适宜的机会，老部队在西藏，距此十万八千里，就是有个邀请老兵团圆联欢忆旧思甜的聚会，人家就地解决了，于我是鞭长莫及。二是心中隐隐的怯意。当年在部队时，对所有走进营区的老百姓，最先想到的词是“混入和潜伏”，持续用警惕的余光扫视他们的衣襟，怀疑那下面藏有一把枪。固然当时地处边防敌情紧张，首恶还是主观上的唯我独革和内心的风声鹤唳。人们素常是以自己的心态来推论别人的，于是二十多年的时光中，我再也没有踏入军门，只是在文字中点染绿色。

这一次，是部队的女兵喜欢我的书，希望和我聊天。她们列队操场，在风中鼓掌，年轻的手指因为寒冷和用力而通红，在阳光下桑葚般的半透明。

那一天，说是座谈，其实是我不断地发问和讨教。我看到她们的绒衣就问，结实吗？当年我们在西藏，为抵御酷寒，把绒衣衬在棉衣里，内外摩擦十分易糟，穿不上半载，绒衣就像一片捕过很多鱼的网。女兵们告诉我，现在的绒衣里加了纤维，经久耐磨。看到她们的雨衣，我就说，你们可曾把它铺到地上？女孩子们嘻嘻笑起来，说雨衣是穿的，又不是毡子。我说，当年我们在雪山露营的时候，就用它敷在地上防冻。以至于我后来每当看到涂着防水层的绿色胶衣，想到的不是如烟的冷雨，而是皑皑的冰霜……

那一天，女兵们还为我唱了《青藏高原》，想不到她们的歌喉如此之好，和远走他乡的李娜能有一拼。我刚开始抱着欣赏的态度泰然听着，很快就心潮激荡把持不住。心潮涌上了眼帘，化为热泪纵横。藏北高原是我精神的故乡，在这里和它相逢，怎能不感慨万端！

女兵们要合影留念，我在山风中屹立，时不时揉揉颧骨，让冻僵的皮肉呈现微笑，免得留在军人们照片上的尊容像个扒猪脸。合完影的女兵跳着脚闪开，还没轮到的姑娘蜂拥而上。政委怕我冻病，说你们不停地换人，老兵一直坚守阵地，老兵也不是盆景，今天就到此为止吧。我突然想到一个心愿，说，战友们，我有一个小小的请求，请告诉我，你们谁是17岁？

女兵们愣了一下，这个说，我18；那个说，我20……却没有人正好17岁。连长说，让我想一想。对了，正在值班的那个女兵今年17岁。快快，三班长，马上派个人去顶班，换她来一下。

17岁的女兵匆匆赶来了。她出现的时候，正好是背光，我看不清她的眉眼，只看到一个矫健的身影，如同一粒翠绿的弹子，跳着从太阳的金线中蹦出。我说，我可以和你照张相吗？她有些害羞地微笑说，当然可以了。

17岁的女兵站在我的身边，仿佛一棵青葱的桦树，笔直而蓬勃。我可以听到她钟摆一般轻灵的心跳，没有丝毫的杂音和紊乱；我可以看到她如瀑的黑发，蜷曲在军帽中，不甘心地漏出丝丝缕缕，被阳光镀成明黄；我可以闻到她青春的气息，似雨后竹笋上的水滴；我可以触到她略嫌宽大的军装，洗涤的揉搓还未曾使崭新的棉布柔软……

照完相，马上要回去值班，她说，你会把照片寄给我吗？我说，一定。她信赖地看着我，脸是如此光滑，没有一粒尘埃，目光是如此清澈，没有一丝污浊。

我向官兵们挥手，告别了军营。回头望望，祝福她们。那一年我上高原的时候，也是17岁。看到了这个女兵，我仿佛看到了当年的自己。我知道，这个女兵不会是永远的17岁。她会长大，跨过岁月的栅栏，向远方跑去。我知道她会跌很多跤，瘀很多伤，淌很多泪和汗，有时候也会滴血……她将浴火沐风九蒸九焙，从一颗稚嫩的青豆磨炼成珍珠。她的目光将不复天真，但依然保持真诚。她的面庞光洁不再，但笑容依旧。她能一直不倦地跑下去，因为她17岁的时候，就已经坚守岗位和职责，就已经懂得了奉献和光荣。

针刺合谷穴

西藏那时兴中医针灸。比如肚子痛，就要用银针扎腿上的足三里；头痛，就扎脖子后面的风池穴，据说很灵验。

我说的第一次扎针，不是别人给我扎针，而是我给别人扎针。

按说这不是太难的事情，反正痛的是别人，我们只要把针戳进去就是了。事先我们熟记了穴位，练习了“补”和“泄”的针法。大伙儿甚至还在彼此的身上试扎过几次，取得了经验。所以，比起打针来，我要有信心得多。

真刀真枪上阵的日子终于到了。医生叫我去给一个上海人扎针。处方上写着：“牙痛。合谷穴，强刺激，留针十分钟。”

我带着消毒好的针夹，走到上海人跟前说：“你的牙现在是不是痛得很厉害？”

他吸溜着凉气说：“是啊是啊。”

“马上你的牙就不痛了，伸出你的手来。”我说。

精明的上海人不肯服从我的指挥，追问道：“干什么？”

我抽出银针说：“给你扎个针。”

他立刻把手背到身后，说：“我只知道中国有句古话，叫头痛医头，脚痛医脚，还真不知道有牙痛医手的。”

我说：“头痛医头的是庸医，牙痛医手的才是良医。喏，这是医生的处方，你可以看一看。”

上海人真的把医生的处方拿去研究了一番，才把手从后面摊了出来。我捏着针刚要扎，他大叫一声说：“这么长的针，还不把我的手心钻个窟窿？你有没有搞错？蚊子叮一下都要把人痛杀，这根针一扎进去，还不得把人痛昏？我不扎了！本来牙痛就够难熬的，再加上手痛，岂不雪上加霜了？”

我解释说：“这针虽长，但是很细，不是很痛的。我再给你扎得快一些，并不像你想象的那么可怕。”

他嘴一撇说：“我的肉又没长在你身上，所以你说得轻松。你是一个新护士，我早就调查清楚了，你才扎过多少针？不过是拿我当试验品罢了。”

我一听，急了，说：“谁拿你当试验品了？我们早在自已身上试验过了。”

上海人眼睛一亮，透出一丝信任，但紧接着又被狡猾所代替。他说：“我不信，你们无病无灾的怎么肯在自己身上扎针？十指连心，谁不知道！”

我气愤地说：“你怎么这么不相信人呢？我们当然扎

过了。”

他咧着嘴说：“空口无凭，你要是当着我的面，也在自己的合谷穴上扎个针，我就信了你，我就肯扎针了。”

我一下子愣了，想不到他提出了这样一个刁钻的要求。要是我不答应，这个调皮捣蛋的人，就不会让我给他扎针；医生的医嘱执行不了，是我的失职。我一狠心，说：“好啊，我就当着你的面给自己扎一针。你看清楚了，但是要说话算数。”

上海人立刻来了精神，看好戏一样地坐直了身子，说：“只要你给自己扎了针，我就一定扎！”

事情僵到这儿，只能向前不能退后，我咬着牙用自己的右手给自己的左手消毒。清凉的酒精涂在手上，有一种寒冷的感觉。

面对一双挑剔的眼睛，我不但需要操作得毫无失误，还得自始至终笑容可掬。

我用右手捏着针，瞄着左手的虎口说：“我……就要……开始了。”

上海人不屑地说：“我看你比画了半天了，为什么还不扎进去？我知道你是胆小了，凡事都是说别人容易，自己一干就露馅儿。”

我吃了一惊，不知道自己已经摆好架势许久，并不敢真扎下去。

说实话，自己给自己扎针真是一件恐怖而残忍的事情，你明明没有病，却要用自己的手把一个尖锐的针芒刺进肉里。纵使你的意志命令你这样做，你的身体也出于本能反抗你。我们以前虽也练过扎针，但那都是给别人扎，而且是在腿上肌肉不敏感的地方。这一回是在手上，真是下不了决心哪！

但为了工作，我只有把这根针扎进去。我一狠心，自己对自己说："这不是我的左手，这只是一块木板。"我这样想着，就把针尖扎进了皮肤。

面对上海人咄咄逼人的目光，我一直保持着平静的微笑。进针的瞬间有电灼样的震颤感，脸上的肌肉可能跳了起来。但我马上更开心地咧了嘴，装出那是一个笑容的前奏。

我相信这一切都做得很成功，近在咫尺的上海人什么也没发现，他吃惊地说："看来真是不很痛的，你的眉毛也没动一下嘛！"

那根我亲手插进自己皮肤的银针，很稳当地立在我的虎口处，好像一根小小的旗杆。

后来，我很顺利地给上海人扎了针。以后再碰到害怕扎针的病人，上海人就很热心地说："这个护士扎针技术很好，你就放心让她扎好啦。"

可是，我心里对上海人总有个疙瘩。

走不出白衣

我常常觉得写小说和写随笔的我，不是一个人。

这当然是不可能的。但不同的心情可能造成不同的文字，比如水蒸气升腾入天，翻手为云，覆手为雨，虽然本质都是水。

在我斗志昂扬的时候，多写小说。它使我没有节约感地使用文字，仿佛一个富豪挥洒他的金钱一般，几乎不考虑篇幅的问题，只管依着自己的脉络写下去。写随笔则不然，有一种深深的控制感笼罩额头，使你不由自主地要在最少的篇幅里说最多的意思。

一次，我同诗人舒婷谈论起写作的问题。我说，诗是用骨髓写的，散文是用血写的，小说是用汗水写的，电视剧是用茶水写的。舒婷听了大笑，说，你这是在恭维我们诗人。

我说，不是恭维。我一生从未写过诗，始终对诗怀有深深的敬意和轻微的惧意。

但是，随笔是什么呢？

在聊天的那一刻，我没有想到随笔。现在想到了，却琢磨不出一个形象的比喻称呼它。当然从广义来说，它属于散文的一部分。

挖空心思打一个蹩脚的比方，随笔就算血液中的白细胞吧。当初我在部队医院当化验员的时候，最喜欢看显微镜下的白细胞了。它是血液中最勇敢最机动的部分，富有战斗性，而且长得很漂亮，不像红细胞那样板着脸，死气沉沉；也不像血小板那样呆头呆脑，支离破碎的模样。它精神抖擞，骁勇异常，哪里有炎症就扑向哪里，迂回包抄，围追堵截，战术甚是多变。

这个比喻冷僻了些，而且带着浓浓的医院来苏水的气味，一般人可能会不习惯。多年的医学生涯，使我总是用医生的眼光看世界。比如看一个人的容貌，我的第一个感觉不是他好看难看，而是他是否健康。我不大相信人的自述表白，更相信客观的科学检查。甚至对自己，也用这套尺度。要是觉得浑身发冷，并不会马上就宣布——我发烧了，而是不声不响地去找一支体温表，量了体温再下判断。

我不知道这是好还是不好，是冷静还是冷漠，只知道我已无法改变。22年的医学实践将我浸染，无论走到哪里，都会被别人识别出医生的特征。

我把自己的第一本随笔集，起名为《走出白衣》。飘荡的白衣裹去了我整个青年时代和中年的一部分，告别白衣的时候，悲恸欲绝。然而还是要告别，还是要走出。

之所以做出这个决定，仍是出于一种基本的医疗道德。试想，您白天到医院看病的时候，愿意找一位夜里正在炮制长篇小说的医生就诊吗?

我害怕面对生命的任何一点儿疏漏和怠慢。

我知道这种属于每个人只有一次的东西多么易碎。

于是要求自己永远以一种医生的拳拳之心写作。若从这一点说，也许我终生走不出白衣。

外科医生的圣殿

芝加哥的9月，寒冷已到十分。蔚蓝色的湖水抖动着森然的冷气，像要把人吸入湖底。在所有的预定项目之外，我对安妮说，我想去参观“国际外科博物馆”。

当过医生的人，就像是得过麻疹、伤寒之类终身免疫的疾病，有了持之以恒陪伴一生的抗体——那就是对人长盛不衰的好奇与热情。早在北京家中得知我会到芝加哥的那一天，我就在本子上写下了——争取参观国际外科博物馆。

在观光手册上，关于这个博物馆，只写了简单的一行字——“被誉为世界外科的圣殿”，然后就是地址和票价。

我不是外科医生，和我的内科技术相比，我的外科手艺相当不好。按说我的责任心不错，考试的成绩也是上等，但我知道，那是付出了多么惨痛的代价才换来的。记得实习手术时，我总是不能轻巧地打开手术钳的锁扣，手术台上屡受器械护士的白眼。我只好把手术钳偷偷放在军衣口袋里，无论是坐着开会还是走在通往食堂的小路上，都在衣袋里窸窸窣窣地操纵着手术钳，练习着用最微不足道的力量，轻巧地完成手术钳的开合。若是有人在一旁冷眼看到了我的举措，一定以为我在暗中练习扒窃的技术，以求怎样神不知鬼不觉地偷人钱包。真是功夫不负苦心人，后来我几乎可以在下意识中完成打开手术钳的动作，近乎化境了。真正的悲剧也就在这时降临。一次手术，因为紧张和慌张，居然在不该打开钳子的时候，手指轻轻一动，钳子应声弹开，病人的腹腔立刻变成了喷泉，鲜血如同香槟酒一样，冒着泡翻了出来，油滴样的冷汗顷刻将我厚厚的手术衣浸透……好不容易才将病人从鬼门关上招回来。

远了，还是回到寒冷的密歇根湖畔。我对外科医生的敬畏，使我从此远离了外科。完成实习以后，无论德高望重的外科主任怎样挽留，说他可以把我培养成一名优秀的外科医生，说这样的机遇对一个女生来说是多么罕见和幸运，我都毫不犹豫地拒绝了。我被那一次喷涌的鲜血将魂魄浸软，残存的一点儿胆量，只够支撑我在博物馆里瞻仰外科。

我和安妮到达林肯公园附近的1524号馆址，已是下午时分。这是一座安静的灰色建筑，门口有外科医生的塑像。可能是临近下班时间了，除了我们之外，没有其他的游人。整个博物馆笼罩在寂静中，到处是金属的锈迹和反光，给人一种轻度的恐怖感。

这家博物馆的创始人——麦克斯医生，生于1880

年，原籍匈牙利。19岁来到芝加哥，1904年毕业于罗斯医学院。然后他自己开始行医，医治了无数的病人，成为享有盛誉的外科医生。他的性格在外科医生中当属凤毛麟角，仅仅操纵手术刀，无法使心安宁，于1935年创办了国际外科大学。当了大学校长，他仍不满足，深感还不能表达他对于外科的热爱和献身，于1954年买下了这座四层的灰色楼房，建立了世界上第一座外科博物馆。

博物馆里展出了大量的实物，主要是早期的外科手术器械。可能是年代久远，再加上那时的制造工艺简陋粗糙，很多器械现在看起来已近乎刑具。比如我在教科书上看到过“铁肺”这一名称，一直无缘得以亲见。此次见到实物，着实吓得不轻。它体积庞大，结构狰狞，好像一种逼人招供的刑讯设备。我真的怀疑，从这样的器械中能否走出过活下去的病人。

还有一种输血器，完全铁制，有个双向的开关，然后向不同方向接出两根管子，样子像个自行车的打气筒。如果不看说明，你绝想不到这是救人性命的法器。在输血器的上方，画着几幅示意图。真是拜托了这些当年的画家，才使我们今天得以知道这种奇怪的仪器是如何使用的。

输血器是一个负压的抽吸泵，它的两条管子，一条接在垂危病人的胳膊上，另外一条接在健康的供血者身上。只要打开输血器的开关，就可以把供血者的血，源源不断地直接输入到病人身上。这个仪器如果仅仅展示到这里，除了让人惊讶输血器的简陋以外，还不致让人太出乎意料。但紧接着下面的一幅画面，就让人惊诧莫名了。原来，应用的时候，在输血器的另一端，就是供血者的位置，躺着的不是一个人，而是一条狗。

把狗血输给人，真是不可思议。但我相信，在输血的最早期，一定是做过这样的尝试。毫无疑问，那些悲惨的病人，都在更悲惨的输血反应中一命呜呼。我相信，同时死去的还有那些排危解难的狗。

在下一幅图画中，左侧还是痛苦呻吟的病患，右侧的供血者由狗改成了马……结果当然还是一样凄惨——人死了，马也死了。

屡屡的失败教育了早期的外科医生，在另外的图画里，我们终于看到是一个人躺在那里供血，而不再是形形色色的动物了。可是，人给人输血，有的病人活过来了，有的病人却更快地死亡了。

看到这里，我为一百年间在暗夜苦苦摸索的外科医生感到辛酸。那时，他们面临着怎样的苦恼和未知啊？

我们现在已经知道，人和人的血型至少有四种显著的区别，如果不化验血型就输血，输血反应导致死亡的概率起码要超过50%。同样的一个输血器，用在这个病人身上，他活了；用在那个病人身上，他却痛苦地死去了。这是一双怎样的魔手，在分配着性命的生杀予夺？我估计那时的外科医生，每次使用这个冷硬的铁家伙，一半是恐惧一半是希望，更多的是不可知的悲怆感。

并且，没有抗凝剂，没有输血计量设备，输血器一旦开始工作，天知道会有多少血流到病人身上，如果输得过多了，还要把输血器的反向装置开动起来，再把病人身上的血，回灌到供血者身上……也许因为我的医疗背景，面对着各式各样的古怪器械，不由得走火入魔，想得格外烦琐，叹息也就长声复短声。

还有骨科锯、碎颅器、凿子、子宫钳……年代久远，不知是当年的血迹（这不大可能吧）还是岁月的锈蚀，总之，这些原来想必是银光灼灼的器材，如今人老珠黄，只剩下冷漠的粗粝。

安妮说，毕老师，让我摸摸你的手指。

我不知她是何意，把手递给她。安妮的手掌有涔涔的汗，指尖冷冷。我说，安妮，很抱歉。你不是医生，看这些切割人体的仪器，是一种残忍。

安妮说，是的，我一阵阵地恶心。不知当年创建这家博物馆的医生，是准备给医生们参观还是给普通人参观，我想说，对普通人来说，实在超出了能够从容忍耐的限度。

我承认安妮说得很对。你在这所博物馆里，逃脱不了一种压榨感、无助感、令人宰割的孤独感。也许只有在这里，人才能更深刻地感觉到什么是“外科”。当人的身体在这里被分割和解剖的时候，你对生命的认识，也就更直接和简明了。

人的血和狗的血、马的血，有分别吗？它们都是红色的，都是提供我们奔跑和跳跃的能源，在外科医生之前，没有人知道它们是不同的。外科医生带领着整个人类认识到这一点，为此付出了惨痛的代价和漫长的时光。

把那些残破的无可救药的肢体和脏器，从整体上切割下来，把那些可堪修补的部分穿针引线地缝缀起来，这是什么？这就是外科。于是，外科的器械就同木匠和铁匠，同缝纫匠和箍桶师的工具没有根本的区别。如果一定要找出他们的不同，那就是外科医生的布料更昂贵，式样更简单，针脚更细密，操作的台案更狭小。而且，他们的产品往往是无法展示的，深藏在人体的洞穴中。

高大的馆舍里只有我们两个参观者。我们走到哪里，我们自己的呼吸就在哪里响出回声。那种突如其来惟妙惟肖的蜡像，往往吓得我们发抖。一个孕妇被按住四肢，在没有麻药的状态下，被人剖腹取出婴儿……濒死的产妇，飙射的鲜血，手舞足蹈的婴儿……

安妮对我说，你有没有发现，对付妇女的器械好像特别多，而且个个都很巨大沉重？

安妮的见解很有眼光。也许因为外科是男性世袭的领地，男医生占了绝对的优势，所有的外科器械都是以男人的操作方便为设计前提的。

由于女性的独特生理构造和繁衍生殖的使命，使得女性接受外科手术的机遇和项目更多。那些针对子宫的拉钩，为什么不可以做得更精巧和细腻一些？那些对付婴孩的工具，为什么不能更柔软和光滑一些？

感谢这间外科博物馆的不懈收藏。有很多东西，当它们孤立出现的时候，如同散落的野花，深藏不露的气味，因为稀疏而被遮挡和稀释；当它们浓烈地堆放在一起时，那种令人不安的气息就蒸发出来，熏得人不得不思考和应对。传统的外科忽视了妇女的生理特性，这是历史的遗憾。

我的步伐渐渐加快。安妮说，你在找什么？

我说，我在找中国。

是啊，既然叫作“国际外科博物馆”，就该有中国。终于，找到了，在一个角落里。没有实物，是一些连环画。画的是华佗使用“麻沸散”和关公刮骨疗毒的故事。图画很精致，一旁有说明：此画系一华侨捐赠，博物馆表示感谢云云。补上了空白，这很好，但这组画面更多地像一个传说和艺术品，同馆中其他部分斩钉截铁的实物相比，有一点儿孱弱。

直到闭馆的时间，我们才走出大门。我买了个小小的纪念品——一个塑料的关节：由股骨头和半扇髋骨组成。白骨嶙峋的，从直观美学上，实在谈不上有多少乐趣。之所以买下，除了它的造型少见（在别的地方，你哪能买到比例如此精确的骨骼制品），更想到一个特别的用途。母亲年事已高，老相识中很有几位阿姨，因为缺钙，跌了一跤，就造成了股骨头骨折，躺在床上，足足半年休养生息。我敦促妈妈补钙，她却时常忘。这个小玩意儿，可以再形象不过地说明什么是股骨头，为什么它那么容易骨折而难以愈合。

病中读书谱

病床是一个独立的区域。那里的居民和平时的我们，发生了少许但是不可忽视的变化。

虚弱了。平日能站着或是坐着读书的身体，现在只有横在那儿，像遗在轨道外面的枕木。卧姿读书的最大特点是——随时都可昏昏入睡。这就对书的选择和要求苛刻起来，好像虚弱的脾胃，渴求营养但又要挑柔软好吃的食物。

脾气变坏。严重到不肯姑息和格外暴躁，原先对书中的毛病，凡非尖锐硬伤，比如错别字和无聊的噱头，包括作者的某种虚荣和愚蠢，都可散淡处之。但自身的种种不适，尖锐地降低了对书中不良倾向的容忍标杆。病使我们血气方刚，不再原谅，不再敦厚，不再费厄泼赖。怒火中烧的后果是把一些平日尚可接受的书，永远打入了冷宫。

病增敏感。平日忙碌粗糙，书读得很快，不敢说一目十行，瞟它三四行总是有的。疾患销蚀了灵巧，动作徐缓，仿佛太空人。擎书的艰难和翻页的迟钝，令书上的字迹深深定格脑幕，好像元宵节悬挂过久的灯谜，被人忘了取下。于是所有禁不起推敲的细节和词语、矫饰与虚伪，都在太长的注视下露出破绽。被人愚弄的焦躁，如同酵母般膨胀。幸好敏感的刃是双重的，剥夺的同时也有赠予。令人清醒的情景和美好的人物，因了这份平日疏远的细致，空前地被放大，活泼生猛，给病榻上的我们带来感动和生机。

病使耐性衰减。平时很能忍，前一百页书不好看，不精彩，兴趣并无大的顿挫。我们记得“好戏还在后面”“包子有肉不在褶上”等一系列少安毋躁的常识，说服自己绰绰有余。但病魔在摧残体力的同时，顺手牵羊带走了耐心。疾病使人清晰地听到了生命之钟的倒计时，不愿把宝贵的光阴和用药物抵御病痛换来的片刻安宁，给予啰唆乏味离题千里的卖弄者。就算他在厚厚的面团中潜藏了些许肉丁，急躁的病人也等不及了，弃它远行。

于是病中的阅读，就成了一件比女人挑选时装更啰唆的工程。

太紧张激烈的书不读。心脏和神经，在白色帷幕重重包围中，如惊弓之鸟，易受招惹。为了长治久安，还是徐徐图之好。

太晦涩的书不读。病中的迟钝，大约有目共睹。四处弥漫的消毒水气息，似乎处心积虑和灰色的理论相克，当你一思索，它就放烟雾。我相信“场”的力量，医院是一个让人弱智的地方。

阴暗丑恶的书不读。这种书，平日也不愿读，但读书也像神农尝百草似的，并不能完全以自己的口感定夺，阅读是工作的一部分。病床上，我给自己放个暑假。那些糟糕的又不可不读的书，留着身手矫健意气风发的时辰对付吧。

太缠绵悱恻的书不读。臆造的美丽故事，带着人世间的夸张虚幻，惹得病中之人发笑。病使情感识别系统高速旋转，那些琐碎的卿卿我我，铁屑一样令眼球不适。也许是离死亡近了，看爱情就更纯正永恒。大的爱也如大的死一般，是宽广和柔软的，云雾似的包容天地。

除了以上这些禁忌，还有格外的技术性挑剔。比如精装书不能读，华美外壳，难以卷折，双臂镂空，不一会儿手酸胳膊麻。太大开本的杂志不能读，侧卧在床，无法长久地保持固定姿势，巨如案板的面积，使掌握稳定的阅读距离变得艰难。太沉重的大部头著作不能读，理由不言自明，概因不是抓举运动员。太肮脏残破的书不乐意读，日日消毒打针滋生出洁癖，觉得旧页上爬满病菌。这后一条纯属心理障碍，但有什么办法呢？人以病为豁免，时有不讲理，健硕的人只好不一般见识。

曾有一段我有幸获得这种特权，除了被重重管子套牢在监护室的日子，病床上终日以书为伴。这也不喜读，那也不爱看，家人最后烦起来，说这样吧，给你带些童话来吧。

于是，童话来了。它们款款地融进医院森严的白色，在温暖的阳光里蒲公英般降落。轻淡的，柔软的，温和的，善良的。阅读它们，就像赤脚走在埋着金砂的河滩，恬淡地踱着，无意中会捡到一颗钻石。数不清的童话，就像洁白的羽绒，安宁地掩盖着薄脆的灵魂，伴随它平稳地渡过玄关。

也许每个人都有自己病中的阅读谱，就像食谱的流食半流食一样，针对自己羸弱了的神经，需要补充和增力。不知道童话是否对他人有益。出院后，朋友教我一招黑鱼炖山药，说是补血补气，一试，果然有效。于是不揣冒昧地将自己病中的读书谱写出来，不敢比黑鱼山药的浓郁，就相当于侉炖鲫鱼瓜子的清汤吧。

阅读是一种孤独

阅读的感觉难以比拟。

它有些像吃。对于头脑来说，渴望阅读的时刻必定虚怀若谷。假如脑袋装得满满当当，不断溢出香槟酒一样的泡沫，不论这泡沫是泛着金黄的铜彩还是热恋的粉红，都不宜于阅读，尤其是阅读名著。

头脑需嗷嗷待哺，像荒原上觅食的狼。人愈是年轻的时候，愈是贪吃。随着年龄的增长，我们吃得渐渐地少了，但要求渐渐地精了。我们知道了什么于我们有益，什么于我们无补。我们不必像小的时候，总要把整碗面都吃光，才知道碗底下并没有卧着个鸡蛋。我们以为是碗欺骗了我们，其实是缺少经验。有许多长寿的人，你问他常吃什么食品，他们回答说，什么都吃，并无特殊的禁忌。但有许多东西他们只尝一口，就尖锐地判断出成色。我想，寿星佬的胃一定都是很坚强的，只有一个坚强的胃才能养活得了一个聪明的脑。读书也是一样，好的书，是人参燕窝熊掌，人生若不大快朵颐，岂不白在世上潇洒走过一回？坏的书，是腐肉砒霜氰化物，浪费了时间贻误了性命。关于读什么书好的问题，要多听老年人的意见，他们是有经验的水手。也许在航道的选择上有趋于保守的看法，但他们对于风暴的预测绝对准确。名著一般多是经过了许多年代的考验，是被大师们的智慧之磨研磨了无数遭的精品。读的时候，像烈火烹油的满汉全席，为大享乐。

它有些像睡。我小的时候，当我忧愁，当我病痛，当我莫名其妙烦躁的时候，妈妈总是摸着我的头说，去睡吧，睡一觉也许就好了。睡眠中真的蕴藏着奇妙的物质，起床的时候我们比躺下时信心倍增。阅读是一种精神的按摩，在书页中你嗅得见悲剧的泪痕，摸得着喜剧的笑靥，可以看清智者额头的皱纹，不敢碰撞勇士鲜血淋淋的创口……当合上书的时候，你一下子苍老又顿时年轻。菲薄的纸页和人所共知的文字只是由于排列的不同，就使人的灵魂和它发生共振，为精神增添了新的钙质。当我们读完名著的最后一个字时，仿佛从酣然梦幻中醒来，重又生机盎然。

它有些像搏斗。阅读的时候，我们不断同书的作者争辩。我们极力想寻出破绽，作者则千方百计把读者柔软的思绪纳入他的模具。在这种智力的角斗中，我们往往败下阵来，但思维的力度却在争执中强硬了翅膀。在读名著的时候，我常常在看上一页的时候，揣测下一页的趋势。它们经常同我的想象悬殊甚远，这种时候我会很高兴，知道自己碰上了武林中的高手。大师们的著作像某一流派掌门人的秘籍，记载着绝世的功法。细细研读，琢磨他们的一招一式，会在潜移默化中悟出不可言传的韵律。只是江湖上的口诀多藏之深山传之密室，各个学科大师们的真迹却是唾手可得。由于它的廉价和平凡，人们常常忽视了它的价值。那是古往今来人类最智慧的大脑留给我们的结晶啊！我一次次在先哲们辉煌的思辨与精湛的匠艺面前顶礼膜拜，我一次次在无与伦比的语言搭配之下惊诧莫名……我战胜自己的怯懦不断地阅读它们，勇敢地从匍匐中站起。我知道大师们在高远的天际微笑着注视着后人，他们虽然灿烂却已经凝固。他们是秒表上固定了的纪录，是一根不再升高的横杆。今人虽然暗淡，但我们年轻。作为阅读者，我们还处在生命的不断蜕变之中，蛹里可能飞出美丽的天鹅。在阅读中，我们被征服。我们在较量中蓬勃了自身，迸发出从未有过的力量。

阅读是一种孤独。几个人共看一本书，那只是在极小的时候争抢连环画。它同看电影看录像听音乐会是那样地不同。前者是一块巨大的生日蛋糕，可以美味地共享；后者只是孤灯下的一盏清茶，只可独啜，倾听一个遥远的灵魂对你一个人的窃窃私语。他在不同的时间对不同的人说过同样的话，但你此时只感觉他在为你而歌唱。如果你不听，他也不会恼，只会无声地从书页里渗出悲悯的叹息。你“啪”地合上书，就把一代先哲幽禁在里面。但你忍不住又要打开它，穿越历史的灰尘与他对话。

阅读名著不可以在太快乐的时光。人们在幸福的时候往往读不进书。快乐是一团粉红色的烟雾，易使我们的眼睛近视。名著里很少恭维幸运的话语，它们更多的是苦难之蚌分泌的珍珠。

阅读名著也不可在太富裕的时刻。阅读其实是思索的体操，富裕的膏脂太多时，脑子转动得就慢了。名著多半是智者饿着肚子时写成的，过饱者是不大读得懂饥饿的文字的。真正的阅读，可以发生在喧嚣的人海，也可以坐落在冷峻的沙漠。可以在灯红酒绿的闹市，也可以在月影婆娑的海岛。无论周围有多少双眼睛，无论分贝达到怎样的嘈杂，真正的阅读注定孤独。那是一颗心灵对另一颗心灵单独的捶击，那是已经成仙的老爷爷特地为你讲的故事。

择书秘诀

小时，送一位得病的同学回家。因为天晚，我赶不回住宿的学校，就住在她家的书房。她老爹是搞音乐的，我睡的沙发被顶天的书柜包围着，里面都是有关音乐的书，黑暗中像壁立的石崖。在我以为音乐书就是简谱歌本的心里，引起大震惊。

后来我结识了一位学化学的朋友，才知道这世界上有关化学的书，可以拉几个火车皮。

再以后，我到了一家搞经济和金属的公司，对于他们汗牛充栋的经济和冶炼金属的书，已是见怪不怪了。

世上的行业越分越细，有关的书就越来越多。古代的诗人说“读万卷书”的时候，全世界书的总量，大约还是能够统计出来的（当然要有耐心）。现如今信息爆炸，书的总量肯定是一个天文数字，再也没有人敢去计算了。

面对着恒河沙数一般的书，怎么读呢？

朱光潜先生说过：“任何一种学问的书籍现在都可以装满一个图书馆，其中真正绝对不可不读的著作，往往不过数十部甚至数部。”

怎么在这浩如烟海的书中，找出那些最优秀最值得一读最对自己脾气的书呢？

对于以前的书，我们好歹还有时间这只公正的胳膊可以依傍，风起云涌的新书，更令我们双眼迷离。万般无奈之下，总结出几点择书的诀窍，平日是绝不敢对别人谈的，恐遭人批判。今日斗胆写在这里。

一是不看最新的书。

最新的不一定是最好的。我不愿做第一个吃螃蟹的人，心地很是自私。愿自家在暗处躲着，看别的英勇的人去吃，然后注意地听其中有智之士的言语。待人家说好，这才找了来看，颇有投机革命的意味。好处是可以节省自己的时间，避免无谓的消耗。坏处是当别人津津乐道某一部书坛新秀时，自己丈二和尚摸不着头脑，一派混沌。议论时，若是那一瞬诚实心理占上风，就鼓足勇气说自己还没有读过；虚荣占上风时，就哼哼哈哈地敷衍几点从他处拾得的牙慧，遮掩自己的落伍。

二是不相信报纸杂志上的书评。

这招虽恶，然也是积攒了许多教训才得来的。早先是信的，且不是一般的信，真是信得忠心耿耿，听人说了哪本书好，千方百计地买了来。但很失望了几次以后，就渐渐狡猾起来。鉴于贿买书评的消息时有所闻，出版社为招徕读者，也常做自吹自擂的游戏，朋友间的友情出演也是屡见不鲜……凡此种种，我都可理解，报以一笑。如今的文人不容易，出一本书不容易，希望闹出些声响也是情理中的事。但既已知了路数，要我仔细去看那背景叵测的评论，终是心有余力不足了。这种“打击一大片”的狭隘观点，弊病自是不用讲了，我冤屈了不计其数的好评论，晚看了不计其数的好书，也是罪有应得的下场。

三是在自家心中列了一个秘不传人的黑名单。

无论中国外国，有一些人的书，我是一定不读的；有一些人的文章，我是一定不看的。这并不是依了某种政治或是艺术的神圣标准，只是自己的癖好。也不是从一开始就这般决绝，最少需看过他三次，才肯下这打入冷宫的狠心。我对任何一种第一次接触的风格或领域，都格外认真，仿佛对待一块挖自深山的宝玉，是慎之又慎。倘若不喜欢，一定是责怪自己的浅薄，无法理解其中的微言大义。第二次读时，就换一个更舒适的姿势，寻一个更安宁的时间，酝酿一个更清明的心境。倘还不热爱，第三次就需正襟危坐，殚精竭虑如履薄冰地皱着眉咬着牙地思索着读下去……但事不过三。假若最后还是看不懂，不喜欢，我一边咒骂着自己的弱智，一边痛下决心，含泪同这位旷世的奇才告别。除非将来谁告诉我，这位天才发生了翻天覆地的变化，我才有胆量重试一遭读他的书。一般情形下，那黑名单是终身制的。

这法子的恶果真是太硕大了，我同多少俊杰交而复失！然伤感之余，想到人读书的口味也和那个爱得溃疡的胃有些相似，某些食品虽是公认的好，比如辣椒，但自己不喜欢，也没法受纳。

说了这许多“不读”的清规，那自家根据什么来选“读”的篇目呢？说来惭愧，遵循的是古老极了手工极了简陋极了迟钝极了的土方子。

这就是有学识有肝胆不媚俗不功利的师长与朋友的口口相授。

倘他们说某一本书值得一读，便是踏破铁鞋也要寻到。

再有就是独自在书海乱翻。拣到一本，先像化验游泳池水是否清洁一般，任意取几个样——把书翻开，随便读几段；然后再看结尾，我以为一个好的结尾比开头更能说明作者思维的深度和控制的力度；最后再装作无意其实非常认真地看一眼价格（即使对于图书馆的书，我也会看）……

凭的是冥冥之中与某本书的缘分。

从今天傍晚开始

喜欢文学，是从喜欢读书开始的。对于一个孩子来说，最容易得到的书，莫过于课本了。但读课本的感觉比较复杂，像一种奇怪的果子，刚开始品尝时有一点点甜，你可以结识一些新鲜的故事，但这种喜悦很快就会消失。你要学生字，要划分段落大意，要听写，要背诵，加之无穷无尽的考试和考试之后的惨痛记忆……涌上舌尖的就是不尽的酸楚和苦涩了。

课本常常不是使我们更爱文字，而是怕它了。

我坚信每一个孩子天生都是爱读书的，就像孩子都爱学习说话一样。你看到过一个婴儿拒绝牙牙学语吗？他虽然那么幼小，学得竟是那样执着努力。我猜，他一定在这一过程中，从了解别人和让别人了解自己的感觉里，得到奇异而巨大的快意。

读书是精神的再一次牙牙学语。你可以从他人的智慧里，领悟到更广大的世态和人情。古往今来那些动人心魄的文字，把我们的耳朵拉长了，听到了遥远地域和年代的回声，使我们的视力像喜马拉雅鹰一般锐利清晰起来，笔直地穿透尘埃洞察秋毫；使我们生命线的两端射线般地抻延，触及今生今世我们未必能有机会亲身体验的人类复杂的情感深处；使我们的心智丰盈和强韧，迸射出更热烈的光华……

和热爱成长的婴孩一样，听得多了，你就有了想说的愿望。把自己的心语倾吐出来，在茫茫人海中寻觅相似的感动——我不知道别人是因何而动笔写作的，在我，是因为一种孤独赶路的寂寞和对于人生的悲悯关爱。

由读而写，由写而读更多的书，是一个散射温暖光芒的圆形轨道，它旋转的引力召唤着我们，每一个时刻都敞开着，接纳热爱者的从容楔入。无论是读书还是写作，都可以从今天傍晚开始。

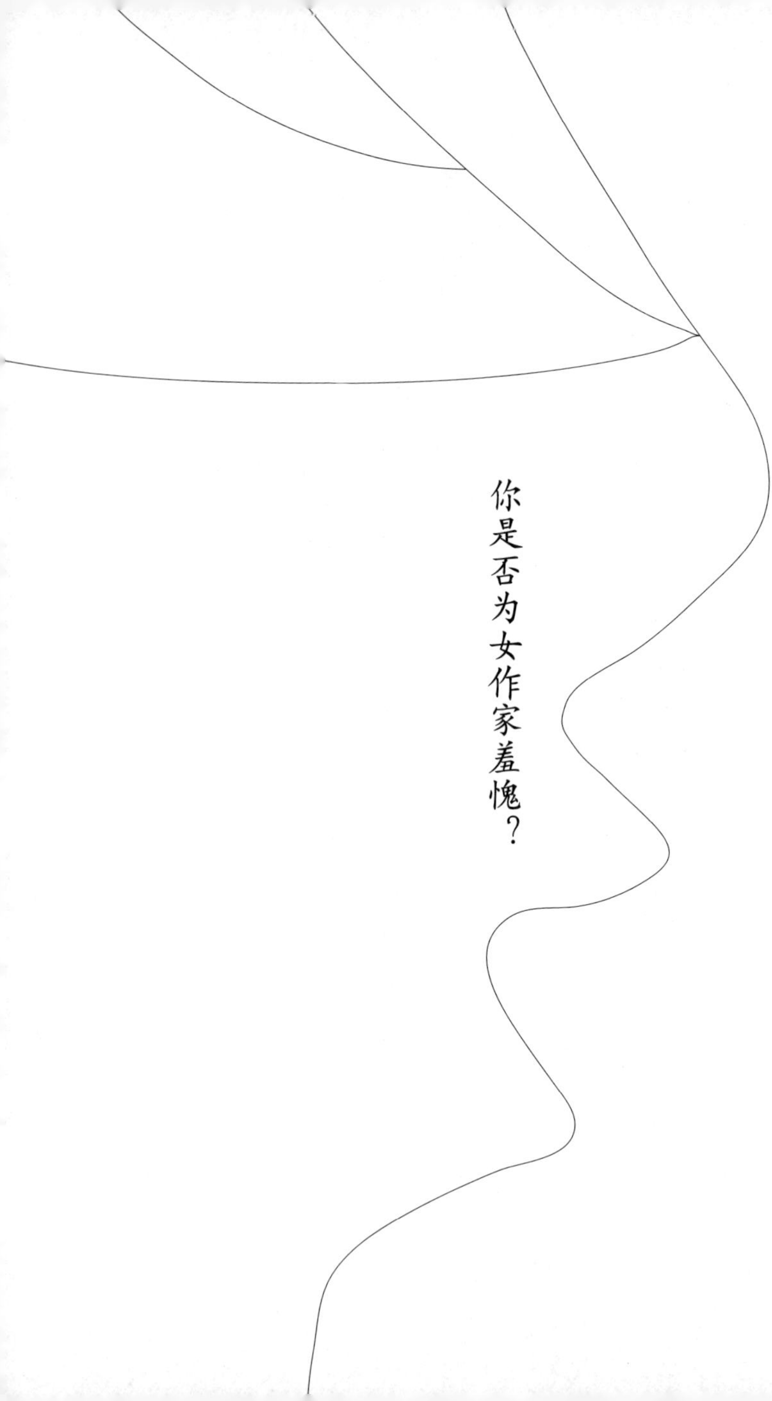

你是否为女作家羞愧？

“你是否为女作家羞愧？”

这是听众递来的一张纸条，写在函数纸裁下的边角料上，笔迹飘逸。内容大意是——世界上最大量最优秀的作家是男性，比如萨特、卡夫卡，还有米兰·昆德拉。名作中最优美最感人的女性艺术形象，比如黛玉、杜十娘，加上安娜·卡列尼娜……也是男作家创造的。身为一名女作家，你是否感到羞愧？

这是我在演说中，遇到的最尖锐最富有挑衅意味的问题。我慢慢地念着纸条上的每一个字，过道里原本壅满听众，水汽腾腾的，那一瞬静得空谷幽人。

不知为什么，我突然有种“文化大革命”中批斗会的感觉，好像令“牛鬼蛇神”如实交代罪行。此联想当然荒谬，便竭力驱逐，宁静片刻后说，在回答这个纸条之前，我先问大家一个问题。依你们的感觉，中国现有多少女作家呢？

台下是预料中的冷场。我说，难为大伙儿了，很抱歉。首先需要限定条件，如何确认谁是谁不是作家呢？可能有多种游戏规则，我们姑且以中国作家协会的正式会员为准。当然，这条标准很机械。也许有极辉煌的大师，藏之旷野，尚未加入此协会而被遗漏。但现在只能作一粗糙界定，以便继续下面的讨论。我向同学们提供数字，中国作家协会目前约有5000名会员。现在回到开端——请大家凭印象，比如脑海中此刻记得起的女作家的姓名、她们的作品名称、流传范围，以及波动幅度……或者干脆就是模糊数学朦胧想象，随心所欲地发表一下对女作家数量的基本判断。不必具体数目，百分比即可。

短暂安静。然后嘈杂。窃窃私语。最后大哗。我说，各种猜想都可宣布，腼腆的人可写条子传上来，由我代为宣读。胆大的最好在座位上举手示意，站起身高声公布，让所有人听到你的声音。

不愧是有优良传统的北大，男孩女孩稚气而果决的嗓门，此起彼伏震荡耳膜。中国作协女会员的比例数字，犹如一个优秀体操运动员的高难动作，得分不断攀升。30%起叫，很快达到40%、50%、60%……

还有更高比例吗？我像一个负责的拍卖师，目光巡视全场。

65%。角落里的女孩很坚决很豪迈地发表意见。

好，很好。我满意地重复了一遍她的猜测，然后说，还有更新更高的数据吗？

冷场之后，几名男女同学像小合唱一般齐声说，70%。

好了，该揭锅了。我刚想把正确答案说出来，几乎就在主席台眼皮底下，站起一名男青年，一甩头发，愤愤地吼道：80%！

大家哄地笑起来，不单是因那数字的夸张膨大，更为潜伏在声音中的恼怒与无可奈何。

我做了一个双手下压的动作说，同学们，刚才我们听到了从30%到80%这样幅员辽阔的比例，每个人都希望自己猜得对。可惜我不是运动裁判，去掉一个最高分，去掉一个最低分，然后平均，就是正确答案——因为你们所说的所有比例，都太乐观。

中国作家协会女会员的比例，大约占总数的12%。

长时间的寂静。

我说，谢谢同学们的回答，它是褒奖，证明中国的女作家，干得还不错。试想以12%对88%，几乎是以一当九，能在你们学子心中得此佳绩，作为从事写作的女人，不该感到惭愧了。

我说，还有一点想提醒同学们，当你们走出燕园，偌大世界，便可看到很多不良刊物堆砌地摊。暴力色情，污人眼目。我常常想，这种刊物书籍的作者，有多少是女人呢？因为没有具体的统计数字，只能凭直觉判断。

我以为那种诲淫诲盗读物的炮制者中，女性很少。可能武断了一些，但无大误。同学们如果分析过那些作品的写作风格（姑且把那种写法也称为风格），想来会赞成我的基本判断。

如果某种性别在某个行业的从业人员比较少，生产出的好产品和影响比较大，坏产品又几乎没有，应该说她们的活计干得不错。

底下同学们的情绪，岩浆般活跃起来，特别是女生。我却神色转黯道，不知同学们是否注意到，中国的女作家，大抵集中在沿海和大城市，真正来自农村的极少。而男作家出身乡土的很多，比如贾平凹、莫言、刘震云……还可以开列出一长串杰出的名单。我不相信在中国广大的农村，缺乏禀赋优异的女性。但严酷的现实是，女孩子从生命伊始，就处于竞争的颓势。比如一位母亲，膝下有一双儿女。生计贫寒，只能供一个孩子读书。我想，她极有可能会毫不犹豫地停了女儿的功课，让儿子继续求学，尽管女儿也许比儿子更聪明勤奋。试问谁能测出，在贫苦和愚昧中，有多少优秀女性的萌芽，连初级教育都无法完成，便被生存的窘困绞杀？如果真要追究谁该为此羞愧的话，我以为应有更深广的历史和现实因素。

笼罩全场的沉默格外持久。最后我说，作为以写作为职责的女性，我谢谢同学们的关切。你们使我感到了巨大的责任，同时这责任也担负在你们肩上。

写作是他人爱莫能助的事情

当我最初写小说的时候，我不知道什么是小说。我只是想把我知道的一件事，讲给我的朋友们听。当然我要力求把这个故事讲得好听，要能吸引人、感动人。情节要曲折，语言要优美，最好能有引人深思的地方……我给自己提出的这个要求，是我平日读小说时对小说的期待。我理所当然地要求自己，尽可能地向这个标准靠拢。

写作是孤独的事业，宛若在幽深的原始林莽中砍伐出一条小路。你只知道大概的方向，那条路怎样蜿蜒曲折，谁也说不清，没有一个人可以商量，最可怕的是你可以随时折回去。没人逼你，没人检查你，没人约束你。你有写的自由，你更有不写的自由。

写作中最难战胜的敌人是自己的懈怠，这包括意志的懈怠、艺术的懈怠。我常常懈怠，我也常常同自己的懈怠做斗争。

我为什么要写作？是因为我爱好。爱因斯坦说过：爱好是最好的老师。

从此，我一直在写小说。每一篇小说的写作过程都是从“零”开始。写作和运动员比赛不同，它被冥冥之中的规律操纵，有时我们竭尽全力，却并不出色；有时偶然拈来，却出奇制胜。一名优秀的运动员，假如他跳过了两米，下次就只会在这上下不远的距离内波动，但写作却不然。你这一篇写得好，下一篇却可能相当糟。我们需要不停地磨炼自己的思想意志和艺术触觉，这个过程孤独而艰苦。没有人能帮助你，你的亲人你的老师对你再好，也爱莫能助。你只有依靠自己的手和自己的脑，坚韧不拔地走下去。写作注定是一件寂寞的事情，既然我选择了它，就无怨无悔。

我认为小说已失去轰动效应，而且一去不复返。小说的轰动曾经是那么辉煌，万众争看同一本著作，大家激动不已议论纷纷，那已成为历史。那种轰动是一种不正常，现在的宁静才是正常。面对这种水波不兴的平和，对我们的创作就提出更新的要求。文学回到了它应该有的位置上，这是好事。

人们越来越急躁，作家应该越来越冷静。物质生活越来越丰富，作家更应描写精神的家园。写作的人应该有精品意识，而不应只满足于制造快餐。现代生活节奏这么快，人们步履匆匆。快餐需不需要？绝对需要。人们渴望知道别人的心灵，要在茫茫人海中寻找温馨的知音和蕴含的哲理。这就是为什么周末版卖得那么火，为什么散文随笔类小品文日见升温。我绝没有鄙薄的意思，快餐中也有精品，比如“肯德基”就风靡世界。但快餐绝不是全部，饮食文化中还要有八大菜系满汉全席。这是鸿篇巨制，需要屏气凝神仔细操作，需要博采众长精益求精。我相信特级厨师一定能做好盒饭，但只能做盒饭的可做不成烤鸭。把小说写好是需要真功夫的。

小说也要创新。我经常很仔细地读那些读得懂的现代派小说。读不懂的就不读了，何必让自己受罪呢？但那些优秀的机智的别开生面的现代派小说，我还是很喜欢的。这就好比我们都喜欢西装，它是古典的而且是经典的，我相信它永远不会过时，但美妙的时装也打动人的心弦。中国人一贯以对称为美。刚看到不对称图案的服装，比如说一只袖子镶一块红，另一只上镶一块黑，就不习惯。但看下去，也有另一种美感，活跃的跳动的昂奋的动态美。我想，这就是形式的革新给我们的启示。

我很尊重那些做艺术探索的人。走得太快的人往往不为民众所接受，但他们是勇敢的。

现代中国的小说渐渐地与世界文学融通。我们的经济、政治与世界的联系越来越紧，我们的文学也将是这样。比如我们了解一个国家，它的国民生产总值等数字固然是极重要的，但对一般人来讲，它们太抽象太没有感性体验了。只要提起沙皇俄国，我们脑子里涌现的是契诃夫、托尔斯泰笔下的景色，我认为那就是实实在在的俄罗斯。革命导师曾说巴尔扎克所提供的法国上流社会的情况超过一切经济学家、社会学家所能提供的总和，毛泽东曾说不读《红楼梦》就不能真正了解中国的封建社会，我想指的都是这个意思。我们没有理由妄自菲薄，文学是整个社会分工中很神圣很艰巨的一行，它对从事这一事业的人提出很高很严峻的要求。外国人了解中国，很大一部分也是通过我们的文学作品。当然，我指的是普通人，搞经济的搞情报的不在此列。我们应该深刻地了解我们的时代，用自己手中的笔真切地反映这个时代的本质性的东西。

我再谈谈文人下海的问题。这可是个热门话题，说实话我不喜欢“下海”这个提法，觉得它带着痞气，像青红帮的“切口”。但大家都在用，约定俗成了。我不知“下海”对于作家来讲，是否就是指“文人经商”。这个提法很含糊，文人假若经商，就不是文人，而是商人。我并不敢鄙薄商人，但也没到崇拜他们的地步。我认为真正的文人是不能经商的。世上有些事可以相得益彰，同甘共苦，但有些事不能。比如搞体操和搞相扑，对身体素质的要求就绝不相同。做商人和做文人，对心理素质的要求也有很大的差异。比如商人谈判就要云山雾罩，不能一开始把实底兜出来。文人则对人需真诚坦率有赤子之心。这两件事同时做，心灵就在两极之中震荡摇摆。我想，两件事都需用全力去做，都能做出上乘业绩的人，要算超人。我不知道有哪些杰出的文豪，比如巴尔扎克、雨果或普鲁斯特，同时也是大商人的。

文人面临选择，这是千真万确的。你愿意换个行当试试自己的能力，这没什么不好，但也算不上特别好。你能先富起来，这自然不错。但别人的坐标系假如并不以钱为圆点，大家也就井水不犯河水了。有一位朋友对我说，他挺奇怪，文人基本上是比较穷的，但北京有鲁迅故居、郭沫若故居、老舍故居，怎么就没有给哪个大商人留个故居的？我说，盛唐乃中国古代国力最鼎盛的时期，但至今人们提起盛唐，想到的是李白、杜甫。那时候肯定不乏百万级千万级的富翁，但历史已将他们湮灭。

我不“下海”，因为没那个愿望也没那个能力。我以为商人不过是将物质财富在地球上转移来转移去。文人则应创造出属于整个人类的精神精品。在这个创造过程中，寂寞、贫穷与他终身相伴。

没有少作

我开始写作的时候，已经很老，整整35周岁，十足的中年妇女了。就是按照联合国最宽松的年龄分段，也不能算作少年，故曰没有少作。

我生在新疆伊宁，那座白杨之城摇动的树叶，没给我留下丝毫记忆。我出生时是深秋，等不及第二年新芽吐绿，就在襁褓中随我的父母跋山涉水，调到北京。我在北京度过了整个童年和少年时代，但是我对传统的北京文化，并不内行，那是一种深沉的底色，而我们是漂泊的闯入者。部队大院好像是来自五湖四海的风俗汇集的部落，当然最主要的流行色是严肃与纪律。那个时代，军人是最受尊敬的阶层。我上学的时候，成绩很好，一直当班主席，少先队的大队长。全体队员集合的时候，要向大队辅导员汇报情况，接受指示……充其量是一个孩子头，但这个学生中最骄傲的位置，持久地影响了我的性格，使我对夸奖和荣耀这类事，像打了小儿麻痹疫苗一般，有了强韧的抵抗力。人幼年的时候，受过艰苦的磨难固然重要，但尝过出人头地的滋味也很可贵。当然，有的人会种下一生追逐名利的根苗，但也有人会对这种光环下的烟雾，有了淡漠它藐视它的心理定力。

我中学就读于北京外语学院附属学校。它是有十个年级的一条龙多语种的外语专门学校，毕业生多保送北京外国语大学，对学生进行的教育是长大了做红色外交官。学校里有许多显赫子弟，家长的照片频频在报纸上出现。本来父亲的官职很令我骄傲，我这才第一次认识到了山外有山，天外有天，虚荣之心因此变平和了许多。我们班在小学戴三道杠的，少说也有二十位，正职就不下七八个，僧多粥少，只分了我一名中队学习委员。不过我挺宁静，多少年来过着管人的日子，现在被人所管，真是省心。上课不必喊起立，下课不必多做值日，有时也可扮个鬼脸耍个小脾气，比小学时众目睽睽下以身作则的严谨日子，自在多了。不过既然是学习委员，学习必得争上游，这点自觉性我还是有的，便很努力。我现在还保存着一张那时的成绩单，所有的科目都是5分，唯有作文的期末考试是5−。其实我的作文常作范文，只因老师期末考试时闹出一个新花样，考场上不但发下了厚厚一叠卷纸，还把平日的作文簿也发了下来。说此次考试搞个教改，不出新题目了，自己参照以前的作业，拣一篇写得不好的作文，重写一篇，老师将对照着判分，只要比前文有进步，就算及格。一时间同学们欢呼雷动，考场里恐怖压抑的气氛一扫而光。我反正不怕作文，也就无所谓地打开簿子，不想一翻下来，很有些为难。我以前所有的作文都是5分，慌忙之中，真不知改写哪一篇为好。眼看着同学们唰唰动笔，只得无措地乱点一篇，重新写来。判卷的老师后来对我说，写得还不错，但同以前那篇相比，并不见明显的进步，所以给5-。我心服口服，那一篇真是不怎么样。

“文化大革命”兴起，我父母贫农出身，青年从军，没受到什么冲击。记得我听到“停课闹革命”的广播时，非常高兴。因为马上就要期末外语口试，将由外籍老师随心所欲地提问。比如你刚走进考场，他看你个子比较高，就会用外语冷不丁地问：你为什么这样高大？你得随机应变地用外语回答：因为我的父亲个子高。他穷追不舍：为什么你的父亲个子高？你回答：因为我爷爷长得高。他还不死心，接着问：为什么你爷爷高……你就得回答：因为我爷爷吃得多……外籍老师就觉得这个孩子反应机敏，对答如流，给个好分。面对这样的经验之谈，我愁肠百结。我的外语不错，简直可算高才生，但无法应付这种考试，肯定一败涂地。现在难题迎刃而解，怎能不喜出望外？

我出身不错，但不是一个好红卫兵，因为我舍不得砸东西，也不忍心对别人那么狠。我一看到别人把好好的东西烧了毁了，就很痛心，大家就说我革命不坚决，出头露面的事就不让我干了。比如抄家时别人都在屋里掘地三尺，搜寻稀奇古怪的罪证和宝贝，撇我一个人在荒凉的院子里看着“黑五类”。“地富反坏”对我说，想上厕所了。我说，去呗。那人说，你不跟着了？我说，厕所那味儿，我才不去呢，你快去快回。那人说，我自己不敢去，要是叫别的红卫兵看见了，说我是偷着跑出去的，还不得把我打死？我一想，只好跟他到街上的公共厕所。红卫兵首领看见我拄着木枪，愁眉苦脸地站在厕所门口，问说，你这是给谁站岗？我说，有一个让我看管的人正在方便。首领大惊道，你一个小女孩半夜三更地待在这里，就不怕他一下子窜出来，把你杀了？我毛骨悚然，说，那他要上厕所，我有什么办法？首领手一挥说，这还不好办，让他拉在裤子里……正说着，那个坏分子出来了，很和气的样子，一个劲儿地感谢我。首领对我无可奈何地摇摇头，认定我阵线不清。其实我只是无法想象不让别人上厕所一直憋下去的情形，将心比心，觉得太难受了。首领以后分配抄家任务的时候，干脆只让我去看电话印战报，认为我不堪造就。

班上同学把某女生的被子丢在地上，要泼冷水，理由是她父亲成了黑帮。我强烈反对这样做，挺身而出，几乎与整个班的人为敌。以前我和大家关系都不错，大伙儿看我这么坚决，就退了一步，只象征性地在她被子角上洒了些水，大部分棉絮还可以凑合着盖。那个女生现在是高级工程师，有时想起往事，还说，毕淑敏，你当年怎么那么勇敢？觉悟那么高？我说，我跟觉悟和勇敢可没一点儿关系，我只是想，一个人要在浸满冷水的被子里睡觉，多冷啊！再说，棉花招谁惹谁了，为什么非得作践被子？

久久地不上课，也是令人无聊的事情。当外语口试的阴影过去之后，我开始怀念起教室了。学校有建于20世纪初叶的古典楼房，雕花的栏杆和木制的楼梯，还有像水龙头开关一般复杂的黄铜窗户插销，都用一种久远渊博的宁静，召唤着我们。学校图书馆开馆闹革命，允许借“毒草”，条件是每看一本，必得写出一篇大批判文章。我在光线灰暗的书架里辗转反侧，连借带偷，每次都夹带着众多的书蹒跚走出，沉重得像个孕妇。偷的好处是可以白看书，不必交批判稿，就像买东西的时候顺手牵羊，不必付钱。写大批判稿是很苦的事情，你明明觉得大师的作品美轮美奂，却非得说它一无是处，真是除了训练人说假话以外，就是让人仇恨自己毫无气节。我只好一边写一边对着天空祷告：亲爱的大师们，对不起啊，为了能更多地读你们的书，我只好胡说一通了。你们既然写出了那么好的书，塑造了那么多性格复杂的人物，就一定能理解我，一定会原谅一个中国女孩的胡说八道……我那时很傻，从来没把任何一本偷来的书，据为己有。看完之后，不但如约还回，连插入的地方都和取出时一模一样，生怕有何闪失。这固然和我守规矩的天性有关，私心里也觉得如果图书管理员发现了书总是无缘无故地减少，突然决定不再借书，我岂不因小失大，悔之莫及！

同学们刚开始抢着看我的书，但她们一不帮我写大批判文章，二来看得又慢，让我迟迟还不上书，急得我抓耳挠腮，也顾不得同学情谊，索性把她们看了一半的书劈手夺下，开始我下一轮的夹带。大家不干，就罚我把没看完的部分讲出来。这样在1966年以后那些激烈革命的日子里，在北京城琉璃厂附近一所古老的楼房里，有一个女孩给一群女孩讲着世界名著，雨果、托尔斯泰、巴尔扎克……

我并不觉得年龄太小的时候，在没有名师指点的情形下，阅读名著是什么好事。我那时的囫囵吞枣，使我对某些作品的理解，终身都处在一种儿童般的记忆之中。比如我不喜欢太晦涩太象征的作品，也许就因为那时比较弱智，无法咀嚼微言大义。我曾清清楚楚地记得我对想听《罪与罚》的同学讲，它可没意思了……至今惭愧不已。

1969年2月，我从学校应征入伍，分配到西藏阿里高原部队当卫生员。以前我一般不跟人说“阿里”这个具体的地名，因为它在地图上找不到，一个名叫“狮泉河”的小镇标记，代表着这个35万平方公里的广袤高原。西藏的西部，对内地人来说，就像非洲腹地，是个模糊的所在，反正你说了人家也不清楚，索性就不说了。自打出了一个孔繁森，地理上的事情就比较有概念了，知道那是一个绝苦的荒凉之地。我在那支高原部队里待了11年。之所以反复罗列数字，并非炫耀磨难，只是想说明，那段生活对于温柔乡里长大的一个女孩子，具有怎样惊心动魄的摧毁与重建的力量。

在我的童年和少年时代，充满了爱意和阳光。父母健在，家庭和睦，身体健康，弟妹尊崇，成绩优异，老师夸奖，甚至在“文化大革命”中，也大致平安。我那时幼稚地想，这个世界上的社会主义只有两家——中国和阿尔巴尼亚。那盏亚德利亚海边的明灯虽然亮，规模还是小了一点儿，当然是生在中国为佳了。长在首都北京，就更是幸运了。学上不成，出路无非是上山下乡或是到兵团，能当上女兵的百里挑一，这份福气落到了我的头上，应该知足啊……

在经过了一个星期的火车、半个月的汽车颠簸之后，五个女孩到达西藏阿里，成为这支骑兵部队有史以来第一批女兵，那时我16岁。

从京城优裕生活的学外语女孩，到一下子坠落为祖国最边远的不毛之地的卫生员（当然从海拔的角度来说是上升了，阿里的平均高度超过了五千米），我的灵魂和机体都受到了极大震动。也许是氧气太少，我成天迷迷糊糊的，有时竟望着遥远的天际，面对着无穷无尽的雪原和高山，心想，这世界上真还有北京这样一个地方吗？以前该不是一个奇怪的梦吧？只有接到家信的时候，才对自己的过去有一丝追认。

我被雪域博大精深的深邃高远震骇住了。在我短暂的生命里，我不知道除了灯红酒绿的城市，还有这样冷峻严酷的所在。这座星球凝固成固体时的模样，原封不动地保存着，未曾沾染任何文明的霜尘。它无言，但是无往而不胜，和它与天同高与地齐寿的沧桑相比，人类多么渺小啊！

我有一件恒久的功课，就是——看山。每座山的面孔和身躯都是不同的，它们的性格脾气更是不同。骑着马到牧区送医送药时，我用眼光抚摸着每一座山的脊背和头颅，感到它们比人类顽强得多、永恒得多。它们默默无言地屹立着，亿万斯年。它们诞生的时候，我也许只是一段氨基酸的片段，无意义地飘浮在空气中，但此刻已幻化成人，骄傲地命名着这一座座雄伟的山。生命是偶然和短暂的，又是多么宝贵啊！

有人把宇宙观叫作世界观，我想这不对。当我们说到世界的时候，通常指的是熙熙攘攘的人类世界。当你在城市和文明之中的时候，你可以坚定不移地认为，宇宙就是世界，世界就是宇宙，它们其实指的就是我们这颗地球。但宇宙实在是一个比世界大无数倍的概念，它们之间是绝不可画等号的。通过信息和文字，你可以了解世界，但只有亲身膜拜大自然，才能体验到什么是宇宙。

我还没有听什么人说过他到了西藏，能不受震撼地原汤原汁地携带着自己的旧有观念返回城市。这块地球上最高的土地，把一种对于宇宙和人自身的思考，用冰雪和缺氧的形式，强硬地灌输给每一个抵达它的海拔的头脑。

对于一个16岁的女孩来说，这种置换几乎是毁灭性的。我在花季的年龄开始严峻郑重地思考死亡，不是因为好奇，而是它与我摩肩接踵，举案齐眉。高原缺氧，拉练与战斗，无法预料的高原病……我看到过太多的死亡，以至于我有的时候，都为自己的依然活着深感愧疚。在那里，死亡是一种必然，活着倒是幸运的机遇了。在君临一切的生死忧虑面前，我已悟出死亡的真谛，与它无所不在的黑翅相比，个人所有的遭遇都可淡然。

现在我要做的事，就是返回来，努力完成生命给予我的缘分。我是一个很用功的卫生员，病人都说我态度好。这样，我很快入团入党，到了1971年推荐第一批工农兵学员上军医大的时候，人们不约而同地举荐了我。一位相识的领导对我说，把用不着的书精简一下，过几天有车下山的时候，你就跟着走了，省得到时候抓瞎。

我并没收拾东西，除了士兵应发的被褥和一本卫生员教材，我一无所有，可以在接到命令半小时之内，携带全部家当迁到任何地方去，我也没有告诉家里，因为我不愿用任何未经最后认证的消息骚扰他们，等到板上钉钉时再说不迟。

几天，又几天过去了。我终于没有等到收拾东西的消息，另外一个男卫生员搭顺路的便车下山，到上海去念大学。我甚至没去打听变故是为什么，很久之后才知道，在最后决策的会议上，一位参加者小声说了一句，你们谁能保证毕淑敏在军医大学不找对象，三年以后还能回到阿里？一时会场静寂，是啊，没有人能保证。这是连毕淑敏的父母、毕淑敏自己都不能预测的问题。假如她真的不再回来，雪域高原好不容易得到一个培训名额，待学业有成时就不知便宜了哪方热土。给我递消息的人说，当时也曾有人反驳，说她反正也嫁不到外国去，真要那样了，就算为别的部队培养人才吧。可这话瞬间被窗外呼啸的风雪声卷走，不留一丝痕迹。

我至今钦佩那时的毕淑敏，没多少阅历，但安静地接受这一现实，依旧每天平和地挑着水桶，到狮泉河畔的井边去挑水（河旁的水位比较浅），供病人洗脸洗衣。挑满那锈迹斑斑的大铁桶，需要整整八担水。女孩其实是不用亲自挑水的，虽然那是卫生员必需的功课。只要一个踌躇的眼神一声轻微的叹息，绝不乏英勇的志愿者。能帮女兵挑水，在男孩子那里，是巴不得的。

山上的部队里有高达四位数字的男性，只有一位数字的女兵，性别比例上严重失调。军队有句糙话，叫“当兵三年，老母猪变貂蝉”。每个女孩都确知自己的优势，明白自己有资格颐指气使，只要你愿意，你几乎能够指挥所有的人，得到一切。

我都是独自把汽油桶挑满，就像按时完成家庭作业，在海拔五千米的高原上，我很悠闲地挑着满满两大桶水安静地走着，换肩的时候十分轻巧，不会让一滴水泼洒出来。我不喜欢那种一溜小跑很逃窜的挑水姿势，虽说在扁担弹动的瞬间，会比较轻松，但那举止太不祥和了。我知道在我挑水的时候，有许多男性的眼光注视着我，想看到我窘急后伺机帮忙。

在我的有生之年，凡是我自己能做到的事情，都不会假以他人，这不但是一种自律，而且是对别人的尊重。如果凭自己的努力，已无法完成这一工作，我就会放弃。我并不认为不达目的决不罢休是一种非常良好的生活状态，它过于夸大人的主观作用，太注重最后的结局了。在一切时候，我们只能顺从规律，顺从自然。

开始学做卫生员，没有正规的课堂，几乎像小木匠学徒一样，由老医生手把手地教。惊心动魄的解剖课，其真实与惨烈，任何医科大学不可比。记得有一个肝癌牧人故去，老医生对我们说，走，去看看真正的恶性肿瘤。牧人的家属重生不重死，他们把亲人的遗体托付给金珠玛米，活着的人赶着羊群逶迤而去。金珠玛米们把尸体安放在担架上，抬上汽车，向人迹绝踪的山顶开去，将在那里把尸身剖开，引来秃鹫，实施土法的天葬。

那是我第一次与死人相距咫尺，我昨天还给他化验过血，此刻他却躺在大厢板上，随着车轮的每一次颠簸，像一段朽木在白单子底下自由滚动。离山顶还有很远，路已到尽头，汽车再无法向前。我们把担架抬下来，高托着它，向山顶攀去。老医生问，你抬前架还是后架？我想想说，后面吧。因为抬前面的人负有使命，需决定哪一座峰峦才是这白布下的灵魂最后的安歇之地，我实在没有经验。

灵魂肯定是一种有负重量的物质，它离去了，人体反而滞重。我艰难地高擎担架，在攀登的路上竭力保持平衡。尸体冰凉的脚趾隔着被单颤动着，坚硬的指甲鸟喙一样点着我的面颊。片刻不敢大意，我紧盯着前方人的步伐。倘若他一个失手，肝癌牧人非得滑坐在我的肩膀上。

山好高啊，累得我几乎想和担架上躺着的人交换位置。我抑制着喉头血的腥甜说，秃鹫已经在天上绕圈子了，再不把死人放下，会把我们都当成祭品的。老医生沉着地说，只有到了最高的山上，才能让死者的灵魂飞翔。我们既然受人之托，切不可偷工减料。

终于，到了伸手可触天之眉的地方。担架放下，老医生把白单子掀开，把牧羊人铺在山顶的砂石上，如一块门板样周正，锋利的手术刀口流利地反射着阳光，簌然划下……他像拎土豆一般把布满肿瘤的肝脏提出腹腔，仔细地用皮尺量它的周径，用刀柄敲着肿物，倾听它核心处混沌的声响，一边惋惜地叹道，忘了把炊事班的秤拿来，这么大的癌块，罕见啊……

秃鹫在头顶愤怒地盘旋着，翅膀扇起阳光的温热。望着牧人安然的面庞，他的耳垂上还有我昨日化验时打下的针眼，粘着我贴上去的棉丝。因为病的折磨，他瘦得像一张纸。尽管当时我把刺血针调到最轻薄的一挡，还是几乎将他的耳朵打穿。牧人的凝血机制已彻底崩溃，稀薄的血液像红线似的无休止流淌……我使劲用棉球堵也无用，枕巾成了湿淋淋的红布。他看出我的无措，安宁地说，我身上红水很多，你尽管用小玻璃瓶瓶灌去好了，我已用不到它……

面对苍凉旷远的高原，俯冲而下乜视的鹰眼，散乱在山之巅的病态脏器和牧羊人颜面表皮层永恒的笑容，在那一瞬间，我明白了什么叫作生命。

在一个人非常年轻的时候洞彻生死，实在是一种大悲哀，但你无法拒绝。这份冰雪铸成的礼物，我只有终生保存，直至重返生命另外形态的那一天。

我的一首用粉笔写在黑板报上的小诗，被偶尔上山又疾速下山的军报记者抄了去，发在报上。周围的人都很激动，那个年代铅字有一种神秘神圣的味道。我无动于衷，因为那不是我主动投的稿，我不承认它是我的选择。以后在填写所有写作表格的时候，我都没写过它是我的处女作。

我终于凭着自己的努力上了学，在学校的时候，依旧门门功课优异，这对我不是一件很难的事情。我成了一名军医，后来，结婚生子。到了儿子一岁多的时候，我从北京奶奶家寄来的照片上，发现孩子因为没有母亲的照料，有明显的佝偻病态。我找到阿里军分区的司令员，对他说，作为一名军人，为祖国，我已忠诚地戍边十几年了。现在，我想回家了，为我的儿子去尽职责。他沉吟了许久说，阿里很苦，军人们都想回家，但你的理由打动了我。你是一个好医生，幸亏你不是一个小伙子，不然，我无论如何也不会放你走。

回到北京。很长一段时间内，我学烹调，学编织，学着做孩子的棉裤和培育开花或是不开花的草木……我极力想纳入温婉女人的模式，甚至相当成功地做到了这一点，我发的绿豆芽雪白肥胖，自给有余外，还可支援同事的饭桌，大伙儿说可以到自由市场摆个地摊啦！

唯有我自己知道，在我的脉管深处，经过冰雪洗礼的血液，已不可能完全融化。有一些很本质的东西发生过，并将永远笼罩着我的灵魂。在寒冷的高处，有山和士兵，有牧羊人和鹰呼唤着我，既然我到达过地球上最险峻的雪域，它就将一种无以言传的使命强加于我。

我开始读文学书、上电大的中文系……对于一个生活稳定、受人尊重的女医生来说，实有不务正业之嫌，我几乎是在半地下的状态做这些事，幸好我的父母和我的丈夫给予我深长的理解和支持。这个准备过程挺长，大约用了一个孩子从一年级到小学毕业的时间，当助跑告一段落的时候，我已人到中年。

我写的文字能印在报刊上这件事，我的父母很看重，这是我始料不及的。我的那些并不成熟的作品，曾给我重病中的父亲带来过由衷的快乐，他嘱咐我要好好地写下去。父亲已经远行，最后的期望在苍茫的天穹回响。为了不辜负他们的目光，我将竭尽全力。

认真地生活和写作，以回答生命。当我写作第一篇作品的时候，就是这样想的，现在依然。

回头是土

早年读鲁迅关于写作技巧的传授，有一条叫作——一直写下去，不要回头。

那时年轻，很有些不解。为什么不能回头呢？看看自己的脚印，歪斜了就校正，如果笔直，便一直走下去，有什么不好呢？

存疑，很多年。有一天，忽然就懂了。原来，鲁迅在传授和不自信做斗争的经验。面向前方，坚定地走下去，任它成功或是失败，不再计较，只是一味地挺进。

这句话说起来容易，做起来，难。头在你的颈子上，稍有犹疑，椎骨就会螺旋般地转回，眸子就看到了你熟悉的一切。它们拧成一道拽你后退的绳索，牵着你，退缩。

身后，是熟悉的一切，尽管它有令人不悦不满以至腐朽发臭的地方，但我们曾长久地浸泡其中，习惯成自然了。即使是令人痛苦的体验，我们也已经承受并忍耐，熬过了。向前，一切是陌生和昏暗暧昧的，在它若隐若现的浑浊中，藏身着莫名的危险和恐惧。这种未知带来的不安和焦虑，在强度和广度上，甚于我们已然经受的痛楚。

于是，回头就不是单纯的一个脖子的动作，而是心灵的扭曲和战栗。

写作也如此。新生的念头是如此脆弱和飘忽，它可以很锐利，但是不沉厚。它可以很空灵，但是不扎实。它可以很幽默，但是不持久。它可以很美妙，但是不坚固……总之，任何一个新生儿有的优点它都具备，但是它也义无反顾地具有一切婴儿所有的弊病。它是朝气蓬勃和易折易断的。否定的锄头，不必太强烈，轻轻一点，都会使它在焦土中窒息。

鲁迅好心肠。我猜他早年也是不断回头的，后来吃了苦头，才有这般肺腑之言。到了晚年，敢回头了。回多少次头，也无法击毁他决战的信念。但他已不屑回头，不回头成了习惯。他的矍铄和坚忍，很多来源于此吧？鲁迅体恤后人，教个诀窍给我们。他不讲这是为什么，只是说，你们若信，就这样做吧。你当真听了他的话，试上几次，定会体会到奥妙和乐趣。

练练看，不回头。你就发现，行进的速度快了许多，心情好了不少。回头是土，向前是金。

无胆之人

好像在西藏当兵的时候，落下了有时肚痛的毛病。那是一种温柔的潜藏很深的朦胧痛，不剧烈，但地址固定，似乎还携着轻微的脉动。凭我那时的少许医学知识，心想，不会是一个寄生在脊柱上的血管瘤吧？真要那样，我可能在某一次开怀大笑的时候，腹压升高，血管迸裂，突然倒地死去。我为这个问题遥望雪山，忧心如焚。不是因为怕死，是怕死了以后，将由别人收拾遗物，送还我万里之外的家人。被人检点生前思绪，是一件难堪的事。隐隐的疼痛好似一道符咒，迫使我做出一项重大决定，将厚厚几大本日记全部烧光，并发誓永不再写。当缺氧的空气里抖起蓝边金芯的火苗（撕碎的纸页泼上无水酒精，燃烧就像孔雀翎一般好看。），我摆脱了对世间的牵挂，对那种反复发作的疼痛，也不再恐惧万分了。

以后的若干年里，疼痛像一条忠实的小狗，亦步亦趋追随左右，陪伴我上高山，下平原，从藏北到京城，宠辱不惊，休戚与共。它谨慎地把握着分寸，从不惹我真正生气。轻微发作时，只需我像老年人一般弯弯腰，缓解一下挺胸直背时的压力，它就悄然遁去，如刀尖划破水面，愈合后不留一丝痕迹。最顽劣的表现，也不过是逼得我短暂地闪进工作间的白色屏风里，对一同上班的其他医生说一句：我有点儿不舒服，躲里面检查床上趴一会儿啊……次数多了，大家道，你想休息，直说就是了，干吗像个不愿做功课的小孩，每次都撒一个“肚子痛”的谎话……我愤愤地回击她们说，没有一点儿人道主义精神，小心本所长康复以后给你们穿小鞋哇。

我行医二十余年，自身几次比较重大的疾患，都是处于膏肓状态，才被院外的专家确诊，在就职的卫生所里，非但自己绝无“小荷才露尖尖角”的蜻蜓眼力，周围的医生也是“久入鲍鱼之肆”的聋鼻子。至于每年的例行体检，邀的虽都是京城威名赫赫的医院，但没有一次发现过青萍之末的灾难。

面对每年都是“正常”的体检单，我认为疼痛是一幅精神的海市蜃楼。但那个不计名利的家伙，不理睬书面上对它的置若罔闻，以相当稳定的节奏骚扰我，兢兢业业风雨无阻。结果不但我自己，就是家里人也将它视为正常生活的一员，相濡以沫，和平共处。假如它有一段时间不来造访，我会说，噫，奇怪啊，肚子最近怎么不疼了呢？家人也会跟着不安，说，是啊是啊，好长时间不听你念叨了，不会有什么变化吧？我说，别着急，咱们这么惦记它，它会来的。

果然，随着我年龄的增长，它也像熟练的老仆，愈发殚精竭虑服务周到了。频率较前稠密，强度较前加深，盘旋的时间也大大地加长了……在别人看不到的地方，我开始用手握成拳，抵住胸腹，略解疼痛。但通常只要稍能忍受，我就很快松开拳头。记得好像身患肝癌的焦裕禄，就是用这种姿势，将竹椅的扶手顶出一个破洞，我觉得这止痛的方法不祥。还有一招，双手心周正地按在剑突下——就是人们常说的心口部位，缓缓下压，居然奇效。猜想那是人体血脉聚集之地，以痛治痛，类似武林高手点了某处大穴。不料先生有一次见了这种自我施治，惊道，莫非你也在学西施？我恼火说，就算西施首创了这个姿势，并没有取得专利权，凭什么两千年后，我们还模仿不得？

伴随症状也渐渐多了起来，好像老仆嫌自己孤单，特带了孙男弟女集体拜访。我开始恶心欲吐，肩胛如裂如剜。我问先生，晚饭吃的东西，会不会食物中毒？我怎这般难受？他不忍看我独受此苦，同仇敌忾地说，是啊是啊，我也深有不适。他的假话使我大释然，认定食物作祟，不再追究。

很长一段时间，疼痛一直与我保持着最后的礼节，好像向苏联发动大举进攻、发动闪电战前的希特勒。我也努力绥靖着，维持着健康泡沫。

直到那年8月，我久已巴望的新疆之行，终于实施。雪山盆地，纵横驰骋。南疆北疆，大吃大喝。（我因不吃手抓羊肉，不喝葡萄酒，大吃的是水果，大喝的是酸马奶。）一路颠簸，身累心喜。某日夜半，自吐鲁番赶回乌鲁木齐，疼痛突然在吉普车上毫无征兆地凶猛发作，使我陡出一身冷汗。宾馆预备了热饭，一口也无法吃，匆匆吃药，辗转在床。唯一希望噩梦醒来是早晨。

我至今对缠绕我多年的疼痛，充满最后的感激。它维护了我的面子，使我成功地完成了西域之行，全须全尾回到北京。试想若病倒边地，将给主人平添多少麻烦！所以说这位魔头，还是很有几分顾全大局的侠义心肠。

回到北京的第二天晚上，那蛰伏已久的疼痛，摇身一变化作狂犬，以凶猛十倍的残忍，发动了势如破竹的秋季攻势。开始的半小时，尚有张弛，用焦裕禄或是西施止痛法稍事抵挡，还可获片刻喘息。但很快形势逆转，疼痛撕下面具，暴躁起来，如长鞭驱赶大批毒蛇，从我体内的某一处出发，在腔内翻转腾挪。疼痛好似优异的体操运动员，精彩地练着他们的托马斯全旋。无数火红的信舌狂舔脏腑，烙铁般的疼痛如霞蔚蒸腾而起。

我惊骇莫名，不单被剧痛狠狠攫住，更被恐惧深深震慑。我从不知道人的一部分器官，能如此狂躁地与整体铁血为敌。腹中所有的管道，好似沾满苦水的毛巾，被魔手精致地拧成麻花。那一刻，我以为世界的末日就要来临。

先生看我以头抵墙，知道此次疼痛振幅巨大，已超出我的意志控制范围，忙说，咱们上医院吧。

我点点头，已无法言语作答。进医院，仅剩的力气，只够勉强维持最基本的体面，蹲在地上，咬紧嘴唇，堵塞呻吟不要出口成章。化验，体检。医生把冰冷的手指，搭在我的右肋中点，嘱大口呼吸，剧痛使我屏气并清醒，立时茅塞顿开，悟到了症结。血象飙升，表示存在剧烈炎症。当最终“胆囊炎”“胆结石”的诊断落在诊断书上时，我豁然大悟，颇有英雄相见恨晚之意。

喔，疼痛，我鞍前马后的朋友！原谅本人失礼，受你呵护多年，直至今日，在下才知你尊姓大名。我们唇齿相依，竟这么多年素不相识，你说是不是一个糊涂病僚呢？如果那人还是一个医生，是不是自我渎职？起码也是擅离职守吧。

解痉，止痛，消炎……医生很熟练地处理着，疼痛虽剧，我则心平气和多了。兵来将挡，水来土屯。敌情既明，剩下的事就是和它做斗争了。那病痛很是骁勇，固守阵地，并无见好就收的雅量，种种措施之后，仍挥之不去。于是医生开出了“杜冷丁”。

那是一张专为剧毒药品而用的红色处方。先生拎着它取药，喃喃地对我说，你看，你前头写了《红处方》，眼下自己就得了一张。累坏了，真是报应啊。我有气无力地说，你知道……我下一部要写的书……叫什么名吗？他摇头。我说，……名叫“钻石”。

“B超”片证实，我胆囊里藏的货色，不是什么无价之宝，不过是两块普通结石，就是俗称牛黄狗宝的那种玩意儿。

只是结石的体积令人惆怅。

如果更小些，可以比较容易地从胆管排出，如同小轿车通过宽畅的海底隧道；如果更大些，反正无法挤进瓶颈般的胆管，疼痛虽重，但无危险。你的这两块石头，恰好比胆管的直径大一些，很容易滑入胆道。由于它的表面像苍耳一般粗糙，会如鱼骨卡在那里，胆管阻塞，胆汁淤积，化脓，穿孔，胰腺炎，败血症……医生很自信地描述未来，好像那是他生产出的定时炸弹，派遣在我体内，质量过硬，如假包换。

我忙不迭地点头，对结石的威力和他的预见表示由衷钦佩。但是，怎么治疗呢？这才是我最关心的问题。

有很多种方法。比如中药、激光、内窥镜，还有气功……这些方法都需要很长时间，最简便的就是手术切除胆囊，一劳永逸。医生结束了指示。

我说，想一想。

其后的日子，不是用脑子想，是疼痛在替我想。杜冷丁只能暂时止痛，医生说避油可减少发作。我谨遵医嘱，像兔子大嚼生菜，灾民一样见不到任何荤腥，唇舌皆绿。然而胆中之石是聪明而有气节的家伙，并不因小恩小惠疏忽自己的职责，它一如既往地频繁发动袭击，绝不受招安。由于多在傍晚发作，我不愿打搅他人，总心怀侥幸地隐忍，结果是到了后半夜忍无可忍，只得牵了先生夜奔医院。几番下来，已经习惯了北京夤夜的凄清。若不是冷汗如油，真可好好欣赏原本拥挤现因空旷显出陌生的夜景。

医生说，总靠打针止痛，不是长久之计。

我说，我已决定手术。

医生就是那样一种人，当你没做出某种决定前，他积极地怂恿你。一旦你做出决断，他又再三让你斟酌。我说，我不反悔。其他的方法太费时间，这一病，我知道全身的零件已接近大修年限，我要珍惜时间了。

于是入院，做一切手术前的准备工作。每日穿着无款无形的病号服，小病大养，煞是得意。那结石似乎也慑医院的精良设备，发作渐稀，我便过上了难得的太平日子。终日除了检查，就是读书，优哉游哉。

但有一日的医嘱，让我忐忑不安。要在空腹状态下吃两个油汪汪的煎鸡蛋，以完成胆囊造影。我对医生说，吃了那东西，是一定要犯病的。我不敢以身试法。

医生说，怕什么？有医院呢。只要疼痛发作，马上就给你止痛。放心好了。

于是转悲为喜。心想，好长时间没吃油炸鸡蛋了，此次开荤，可能具有一个时期结束和另一个时期开始的重大意义。以后切了胆，吃油炸鸡蛋的可能性大大减少，那么这个鸡蛋，是本人生平最后的油炸鸡蛋也说不定。一定在医生保驾护航的关照下，细细品尝滋味。

医院厨房送来的油炸鸡蛋灿若黄菊，引人食欲大开。

宝贵的第一口吃下去，我大惊失色。完全不是想象中的滋味，舌头简直抵上了一块榉木地板。我问护士小姐，用于造影的鸡蛋是否来自特殊母鸡？或者说煎蛋用的是碘油？小姐笑说，蛋是普通的蛋，油也是普通的油。变化的是您的身体，它拒绝接受引起痛苦的食物。

呜呼，我佩服精密的机体，居然在理智已认为万无一失的情形下，坚持着本能的防备与抗拒。在一次次疼痛中，建立了雷达般的灵敏反射系统，最大限度地保护着生命。

万事俱备的手术前夜，主刀医生来到病床前，问，你害怕吗？我说，不怕。也许他的经验是以往的病人口说不怕，心里还是怕的。他并不在意我的回答，依旧按照假定我是胆小鬼这样一个前提，开始谈话。

他向我解说了手术的大致步骤和风险，告知一种新方法，疤痕比较小，但如果不成功，就要同时启用古老方式，我将遭受双重痛苦。我问，这种双轨制的概率是多少？他说，1%以下吧。

我很镇定地回答他，在福利彩券和历次摸奖中，即使中奖面高达60%，我也是漏网之鱼。此番概率只有1%，外加“以下”，我相信自己没那么好的运气。如果赶上了，天意难违。

先生胆中无石，但似乎比我的病胆还弱。医生让他填写一张家属同意手术的单子，他连看三遍后，临阵脱逃，悄声对我说，那上面写的很可怕，肠粘连肠梗阻大出血什么的，并发症多了去了……咱们走吧。回家去吧。再试试别的办法吧。好吗？我推着他说，快去签字吧。我喜欢一刀了断。

手术的当天就像出嫁，你傻傻待着，别人忙得手舞足蹈。干部病房的护士，外科操作比较生疏，下胃管时，折腾半天，结果管子没下到胃里，我已涕泪滂沱。我说，小姐，商量一下，我自己来下胃管怎么样？护士大惊道，我还从来没见过哪个病人敢自己下胃管的，从鼻腔进去，非常难受的事，你下得了手吗？我说，试试吧。

我虽从医多年，但没给人下过胃管，好在只要狠心，途经自家的咽喉和食道，还是有把握的。再加上怕在护士手里受二茬罪的信念鼓舞着自己，惨淡经营，居然很顺利地把管子下到胃里，皆大欢喜。

终于躺在手术床上，无边的白色中，数数头顶的无影灯有12盏，葵花般地普照着我，内心很是肃静。为这种镇定不好意思，马上就要开肠破肚，畏惧才是正理。

当全身麻药进入体内时，意识如同风中之烛，摇曳几下，悄然而逝。脑海里最后遁去的想法是——如果这样在迷茫中远航，从此不再醒来，因为辛苦地活过，努力过，所以永远休息，未必就不幸福啊！

我一直以为手术过程是病的重头，好像一盒漫长磁带的主打歌曲。但当我在监护室吸着氧气醒来，一摸腹部的绷带，得知手术已经完成时，心中不免为少了惊心动魄的变化而稍感遗憾。好像跟踪许久的河流，你以为该出现瀑布的时候，结果是个水波不兴的小潭。

记得术前我问过医生，术后会不会很疼？医生没有正面回答，说，你既经受过反复发作的胆绞痛考验，这就不算什么了。

他说的不错，疼痛也是曾经沧海难为水。术后尽管有种种不便，但同我已经承载过的疼痛相比，不足挂齿。

不让见家人，也许这在保持环境无菌方面，有独到之处，但对病人的心境，实在说不上有利。护士说，你家里人来看过你了，我们说你很好，已从麻醉中醒来，他们就走了，给你留了一封信。

我把那封信拿过来，手轻飘飘，动作很慢，像太空人。只有一张纸，我以为那里面还不得写几句慰问的言词，谁知全是这一两天的电话记录和来信摘要，简直像是办公室的留言簿。最主要的信息都是刊物约稿，使我全麻过后一片空白的大脑更加混沌。

几天后坐轮椅回到普通病房，除了行走时腹肌不便外，基本如常了。聊天时我说，记得一句以前的戏文，叫作“浑身是胆雄赳赳”。如今浑身没了胆，无所谓胆大胆小，从此便不知畏惧了。

先生说，那天我候在手术室外，突然听人喊：毕淑敏家属在吗？心中大惊，按时辰，手术尚未结束，此时招呼家属，必是当中出了意外，战战兢兢地走过去。那人端出一个白盘，说，这就是摘除的胆囊。我看了一眼，心想，古话说，肝胆相照，我们真是患难与共了。

三合一

我以前不喜欢医学，证据就是我当新兵的时候，得知要有五名女兵分到西藏阿里，几乎人人都用血写决心书，要求到最艰苦的地方去，唯我退缩一旁坚持不写，宁可背上落后分子的帽子。阿里要的是卫生员，我不想做个医务工作者。我喜欢快乐，和病人打交道，一旦入了这一行，估计除了病人出院时有笑容，更多的时候，面对的都是愁云惨淡。

命运多舛，恰恰是我这个没决心的人，成了西藏阿里军分区第一批女兵，也是唯一的一批女兵。(前几天我接到阿里军分区的电话，说我的事儿要进部队的荣誉室，要我当年的照片。我随口问：阿里现在有女兵吗？年轻的组织干事回答：再也没有过。)

医务工作是有魔力的，在最初的反感之后，我被它内在的魅力所征服。你在救人的同时，感觉到了自己的价值。它让我知道了人体的奥秘，让我看到了生命的本态。这真是人的伟大之处。一只蝴蝶或是一只老虎，无论它们多么美丽和强大，可它不知道自己内部的结构，它们糊糊涂涂地生，糊糊涂涂地死。我们不能苛求蝴蝶和老虎，却可以要求自己热爱探索。

阿里是寒冷和枯寂的，三十多年以前，每年常有八个月以上的时间，周遭音讯皆无。我那时最常做的一件事，就是白天面对雪山夜晚面对苍穹，几个小时一动不动。甚至也不记得那时都想了些什么，只是呆坐，头脑的每一个缝隙都被藏北的风染蓝——类乎纯蓝墨水一般的蓝，平静幽深还有苍凉的轻痛。我会质疑16岁以前在北京的日子是真还是假，我会疑惑前生是不是冈底斯的一粒沙子。我明白生命的短暂和脆弱，决定一生要做我喜欢的事情。无名的感动让我泪流满面或是久久微笑。

古人常常面壁，我猜想这种长时间的单纯，一定会产生一些不可思议的变故。11年后，我从阿里军分区返回北京，成为一家工厂卫生所的所长和主治医生。我很想把自己在西藏的感受同更多的人分享，于是我在一天值夜班无人的时候，拿起笔来开始写我的处女作。

有相当一段时间，我在同时做两件事——当医生和当作家。这两件事都是我喜爱的，可我却悲惨地发现它们几乎是不能并行的。医生的工作繁忙而有序，写作的规律则常常无迹可寻。我无法为了一篇小说写到半夜三更之后，黎明按时起床，早8点精神饱满地穿上白衣，坐到诊断桌前。或者说一天两天还可以，但长久下来，肯定会出岔。小说写得差还不要紧，要是哪天因为我的浮想联翩，给病人诊断下药失误，那将是不可饶恕的罪过。（也许在国外，一些医生享有自主假期，或是私人开业，行动自由，或可并行？）再三斟酌之后，我决定暂时脱下白衣，专心写作。

后来，我又到北京师范大学学习了心理学硕士和博士方向的课程。我真心喜欢这门科学，让我得以更多地了解他人，也了解我自己。在连续四年的日子里，我每日穿过京城奔波不已，挑灯作业备受磨难，但心中充满了欣喜。

是的，我已经有了三个爱好，它们分别是医学、文学和心理学。在现实中，要把这三个爱好糅合在一起，可不是一件容易的事。但是在小说中，我可以做到这一点，于是就有了《拯救乳房》这部小说。一群身患乳腺癌的病人，组成了一个心理学小组，展开了她们各自的历史和面对困境的挣扎和成长。我把几桩很喜欢的事情掺在一起做，自己有由衷的快乐，希望能对他人也多多少少有点儿帮助。这也是我写这部小说的全部理由——一块三合板。

兴趣就像食物

一位营养学家曾对我说，一个人每天摄入的食物，至少要超过18种。我吓了一大跳，叫道，啊呀呀，那么多！肚子里岂不是要开成了一个杂货店？营养学家说，人的成长发育就像建造一座大厦，需要各种各样的材料，比如砖瓦木料、油漆水泥、瓷砖钢窗、浴缸水管……在一个人小的时候，营养越丰富越好，这样才能保证身体健康，骨骼强壮，长成优良的体魄。

他的话，我思索了很久。从人的生理到人的心理，如果说一个孩子长身体的时候，食物越丰富越好，那么在发展个人精神世界方面，也不应该偏食，需要从小培养起对世界广泛的兴趣。

小时候，我天性好动，每天到处跑来跑去，眼睛看到一个目标，脚步就不由自主地奔过去。眼光可比双腿跑得快多了，这样，人的重心就向前倾斜，接下来的事件就很可悲了，全身凌空飞起，一个大马趴匍匐在地上。我对于“欲速则不达”这句话的体会简直刻骨铭心。因为后面的事儿就不是到达目的地后如何满足好奇心，而是膝盖磕到地上，鲜血流淌，疼得直抽冷气。但这种凄惨的遭遇，并没有损耗掉我对未知事物的兴趣，只是以后慢慢地不那么毛躁了，眼睛在盯着目标的时候，也要关照脚下的路上是否有石子。

我喜欢语文，也喜欢数学。我觉得这两门功课都很重要，一种是说话的学问（我把写文章也放在广义的“说话”范围里，它指的是用笔把你心里要说的话告诉别人）；一种是计算的能力，人活在世上，离不开与人交流和科学技术两件大事，这就和语文算术密切相关。要是你连自己的意见都表达不清，就很容易引起别人的误会，这样，一来耽误时间，二来也会增加许多不必要的麻烦。至于数学是科学的奠基石，就不必我多说了。所以，对于必须掌握的功课，要从道理上明白它的重要性。兴趣和道理像一对双胞胎，有时候，我们是先有兴趣，才明白其中蕴含的道理的，比如瓦特发明蒸汽机。有的时候，恰恰相反，是我们明白了道理，才逐渐地培养起了兴趣。

我16岁的时候，被分配去当卫生员。当时，我伤心死了，觉得自己好倒霉啊，成天净和脓血病菌打交道不说，见到的人没有一个笑模样，都是唉声叹气愁眉苦脸的病秧子。心想，这样干下去，用不了多久，肯定自己也得变成一副苦瓜脸。但是我从理智上知道这个工作还是很光荣的，一个人得了病，正是他一生中最需要人帮助的时候，谁能保证自己一辈子永远健康呢？在别人需要的时候，能够为人家做一点儿事情，就应该竭尽全力。我强迫自己认真地学习医学知识，热情为病人服务，慢慢地就对医学有了兴趣，病人都爱找我看病，说我是个好医生，我后来一直当到了内科主治医师。在从事医学工作20年以后，因为写作的需要，决定暂时不当医生了。脱下穿了几十年的白色工作服时，我的心里充满了一种难舍难分的眷恋。我这才意识到，对医学的兴趣与热爱，已深深地融化在我的血液中。

人的兴趣也应该像吃饭一样，不挑食。世界是这样绚丽多彩，像一台大屏幕的彩色电视机，你要是把自己的兴趣局限得很小，就像一台小小的黑白电视机，它会限制我们的视野。

爱好大自然，应该是我们所有爱好中最经久不息、永不褪色的选择。人类是自然之子，我们从自然中来，还要回到自然中去。自然教给我们很多书本上没有的知识，让我们感悟到生命的宝贵和时间的永恒。大自然会激起我们探索宇宙奥秘的信心，会荡涤我们在城市中变迟钝的神经，会使我们变得善良宽容，与世界上的万物和平相处。

人的兴趣像一种奇怪的竹笋，会在某个特定的时候，猛地蹿出坚硬的土地。新生的笋芽见风就长，如果有了合适的水土，就会蓬蓬勃勃地指向蓝天，长成一竿笔直的翠竹。记得那时我上小学五年级，读了一些天文学的书，突然对辽阔的星空产生了强烈的好奇。每个晴朗的晚上，都仰着脖子，在城市明亮的灯光缝隙中，吃力地辨认着天上的星座，甚至希望自己也能发现一颗偶然闯过的小星，会以我的名字命名……我甚至给当时的北京天文台台长写了一封信，向他请教一个很专业的天文学问题，那是我从一本天文学著作中看到的一个迄今未解决的天文疑案。我每天都到学校的传达室，焦急地询问有没有我的信，但是很可惜，直到我小学毕业，也没有收到台长的回信。我临离开学校的最后一件事，就是嘱咐看门的老大爷，要是有了我的信，可千万要告诉我啊。我始终没有收到印着“北京天文台”字样的信封（它不止一次在我的睡梦中翩翩飞来，信封是蓝色的，台长的字迹很大，可就是看不清写的是什么，真急死人），不过这一点儿也没使我灰心，我下定决心，长大后投考大学天文系，亲自探索宇宙的秘密。要不是后来爆发了“文化大革命”，使我们这一代人都失去了上学的机会，我一定会梦想成真。我一直保持着对自然科学浓厚的兴趣，可能和小时候的这段经历有关。

就像自然界存在着生态平衡，各种营养素之间需要互补一样，人的兴趣越是多样化，越能开阔我们的眼界，融会贯通，使我们心明眼亮，反应机敏。比如你热爱电子计算机，就要涉及软硬件许多领域，它促使你读外语，查字典，学习更多的科学技术；如果你热爱集邮，小小的方寸之地里，有纵横古今驰骋八方的知识；如果你对体育有兴趣，它除了送你健康的体魄和高超的技巧以外，还会锻炼你的友善与合作精神；如果你爱好的是书法和绘画，那更是在文化和艺术的大海里游泳了……

一个人在少年时代，应该努力培养自己多方面的兴趣，尽力开拓自己的潜能。因为每个人都是与众不同的个体，一定有一粒自己特别爱好、特别感兴趣的事物的种子，埋在我们的心底。有的人寻找一生，也不知道自己到底爱干什么，怎样才能干得更好。真正的兴趣，或许像一只狡猾的小狐狸，潜伏在草丛中睡个不醒。只有“广泛爱好”这张巨大的网铺天盖地般罩下来，才有可能把小狐狸捕获，让我们受益终生。

爱因斯坦说过，爱好是最好的老师。我对这句话的理解是：人凭着责任心，是可以把自己不爱好的事干好的，但人若是干自己爱好的事，再加上责任心这副强有力的翅膀，他就会干得更出色。而且这个充满乐趣的工作，会使他满怀创造性劳动的自豪感，取得更好的成绩。

我从小就喜欢作文，那时并没有想到以后要当作家，只是觉得语言是一种很有趣的东西，可以把心里想的念头留在纸上，不管多长时间以后，只要你重读到这些文字，以前的感觉就十分神奇地复活了。后来我当了医生，很想使自己忘掉对语言的这种热爱，因为一个医生只要服务态度好，能把病人患病的情况，深入浅出地解释清楚，也就说得过去了。但是，我真的无法放弃对语言的这种关注，包括我写病历的时候，在力求精确迅捷的前提下，也总忘不了来一两个形容词。后来，当我终于有机会在写作和医学之间做一个选择的时候，我知道继续做医生对我来说，是很保险很轻车熟路的事，而写作则是崭新的挑战。我很为难。

半夜醒来的时候，我对自己说，你是更喜爱医学，还是更喜爱写作呢？

我听见自己的心灵在回答，我更喜爱写作。

我听从了自己的兴趣和爱好。写作使我很辛苦，但也使我很快乐。“爱好”不单成了我的老师，简直就是我的军师了。

背着药包上学堂

天下雨。水珠的项链无休止地敲打着窗户，比平日更早地醒了。

从家里到鲁迅文学院，要坐两个小时的公共汽车。两年研究生读下来，往返路程加在一起，抵得上一次长征了。

躺在床上，真希望天永远不要亮。

天没亮，人却要走了。

到处黑洞洞的，便有半夜鸡叫的感觉。

公共汽车牌下孤零零地站着一个人，那是我。整个城市还在睡梦之中。

远远地有橘黄色的灯光逶迤而来，渐次将周围晕染得一团光明。

车来了，为我一个人停下，我心中便充满了温馨和感激。在这风风雨雨的绝早的黎明，几个素不相识的人为了你而忙碌。在他们也许是应该，在我，却有一种对人类之间精巧分工的敬意。

我无法在车上背单词或是记概念。大都市的乘车，是一项重体力劳动。扭头去看大街，城市每天都是新的。雨伞像蘑菇似的滋生在亮晶晶的柏油路面上，骑车人雨衣飘荡，像鸥鸟飞翔。

路走了一半，雨停了。到了换车的地方，风冷冷地像谣言似的自背后袭来。该吃点儿东西御寒了。

路旁有个女人在卖煎饼。读书这两年来，眼见得她手上的金戒指越戴越多，如今右手上已有四个。看她磕鸡蛋，推面糊，手起手落地劳作，心中便很怜悯她。一天操持下来，这许多金属坠在腕上，便相当于一场举重比赛了。

吃了女人的煎饼，前心后背长了精神。一辆原本挤不上去的车，竟贴了进去。

城市是车的沼泽。紧赶慢赶，望到鲁迅文学院白色的教学楼时，恰恰到了上课的时间。

“今儿个晚喽！”看门兼打铃的老师傅，眯眯笑着对我说。

“不——晚！”我急煎煎往楼上跑，顾不得还他一个笑。

“别慌！等你上了楼，我再打铃。”

在文学院读书的日子里，不知可有细心的同学发现了这个秘密。有的早晨，那铃声会晚响一两分钟，陪着我走进教室。

同学们都端坐着，枯燥而温暖。他们在校，以逸待劳，可我的十分精力已耗掉了一半。

然而一切才刚刚开始。

我从未正正规规地学过文学。一位主治医师，抛了自己所熟知的生理病理药理，却学起了陌生的文学美学哲学，扪心自问，是否同自己过不去？三十多岁的女人，离开舒适的房子和温馨的家，在风雨迷蒙的清晨，发缕湿淋淋地赶到这里，究竟是为什么？

我不知道。

也许这是我冥冥之中的天数，也许这是我人生中必遭的劫难，也许爱好是最好的老师，也许是对死亡的恐惧和对生活的顿悟……

也许什么都不因为，只缘北京师范大学和鲁迅文学院合办的研究生班录取了我！

当学生的就该把学业完成好。

这是上小学一年级时，妈妈对我说过的话。我将铭记终生。

上午的课结束了，大家夹着书籍本册，蜂拥着往楼下走。每逢这一瞬，我便感动。觉得下了课的我，与半日前去上课的我，已有了某些不同。

午饭吃饺子。白菜馅儿，只有极少的肉，煮得又轻，菱形块儿的菜叶，顽强地立在饺子皮里。

吃了饭，背起书包。

“毕淑敏，下午有家编辑部来座谈，你不参加了？”有位同学高声叫喊。

“真抱歉！我得走了。”

真是个恋家的女人！

不知有无人这样背后指点过我。我不是回家，是去上班。我是一家有两千工人的工厂卫生所的所长。一边上学，一边上班，整个学生生涯，肩上都背着一具无形的药箱。

一路颠簸。当我就要走进我的卫生所时，我停下脚步，站在天空下，深深地吸了一口气——好像人们要下潜到幽暗的海底前所做的准备动作。

我不知道世上可有比我这个所长更小的官，但它却给予我深重的繁难。

下个月需买的药品该造表了……义务献血的名单务必落实……所里两位更年期的大夫吵起来了……领导有了病要到家去诊看……

一个泪水涟涟的女人，坐在我的椅子对面，脸上泥泞不堪。

“所长，我已等你多时。我丈夫得了癌症……”

我给她倒了一杯水，轻轻地推送到她面前。所有的文学，所有的艺术，都被这女人滂沱的泪水冲向远方。她说得很对，我是所长。所长此时该干的事，就是尽量减轻她丈夫的痛苦……

住院难，住院难！我得派一个得力的医生去联系此事，也许还得备一份薄礼……

我像一架高速运转的机器，处理着一位所长应当承担的事务。上午那些关于文学的清谈，已像一个神秘遥远的童话。

终于，下班了。

现在，最严重最迫切的问题是——今天晚上全家人吃什么？

这是主妇们永恒的命题。我常常面对这道题踌躇不安。不是因为金钱的拮据，而是靡费不起时间。

在背着课本和工作总结的书包里，再塞进去一把菜豆角。

一边做饭，一边背我的单词。

一边炒菜，一边记一个概念。

我不是一个优秀的学生，但我是一个用功的学生。

晚饭以后的时间，是属于我儿子的。既然我把他带到了这个世界上，总还要扶上马再送一程，教他怎样长大，怎样做人。

夜色终于将所有的空气都染黑了，躺在床上，伸直百骸，只听得所有的骨节都咔吧作响，好像它们就要在某一处折断。小时候听人说，骨头响是要长个儿了。

枕头好像是薄荷做的，不催人入眠，反令人警醒。一个萤火虫似的光亮从远处飞来，闪烁着精灵一般的色彩。

这是什么？

这是一篇小说最初的种子，竟在这样的疲惫困倦之中，诚实地谦逊地来拜访我了。

我在暗夜中睁着眼睛，看见它埋进记忆的梯田里，在干旱与贫瘠中，顽强地生长着，抽出柳条一般的叶，开出星星点点火苗一般灿烂的花……

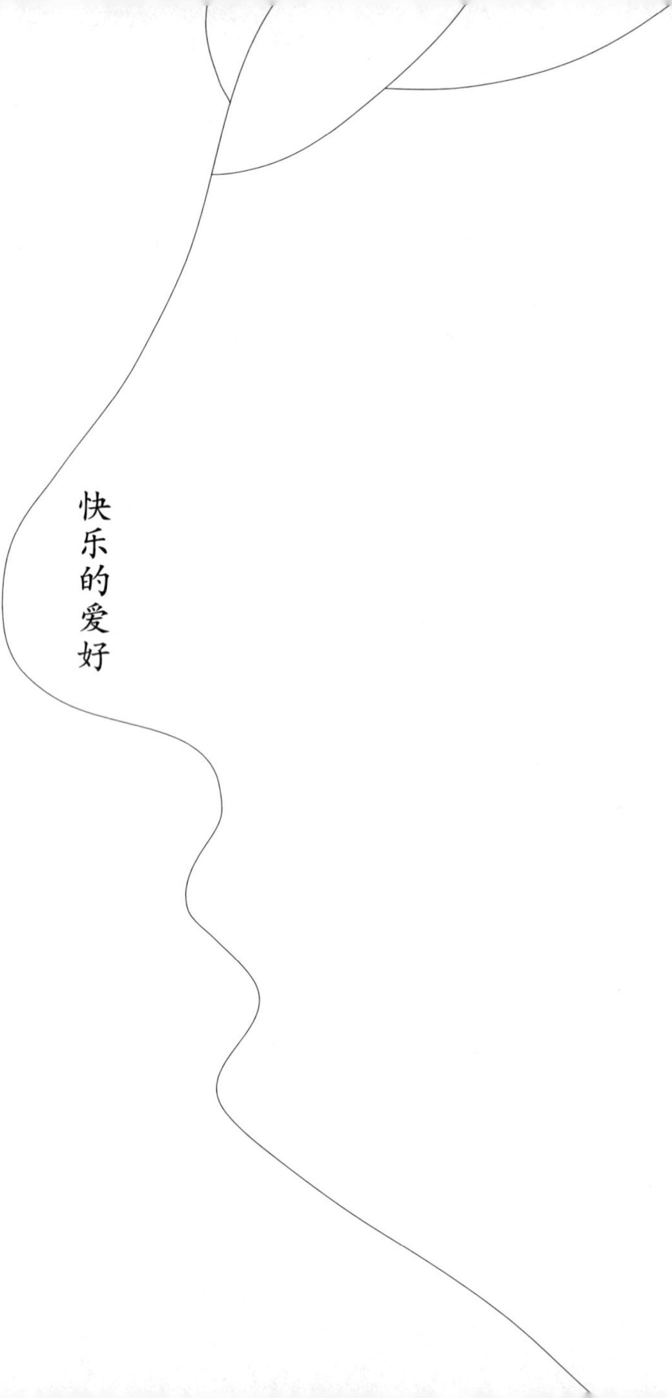

快乐的爱好

我是业余作者出身，所以对基层爱好写作的朋友们，有特别的认同感。每当我看到业余作者的集子时，心中都感到十分亲切。

每一个行业都有它的特殊点，我们在八小时以内的时间，这些特殊点就是主流，研究航天飞机和卖糖果的，所谈所想的肯定不同。但八小时以外的时间，大家又都是一样的人，有着相通的喜怒哀乐。业余作者每一篇文章的写作，或在深夜或在黎明，都凝聚着思索的印痕和耕耘的劳累。在一天和枯燥的数字打交道之后，沉浸在对历史的回顾和对未来的畅想中，那种云游八方驰骋万里的精神航行，是别一种的体验和享受。

国外有一家很有名气的牙科医学院，培训一位牙科医生，要用整整七年的时间。据说，新生入学的第一天，教授讲的第一课，就是询问——你有什么业余爱好？很多以优异的成绩考入该校的学生都说，他们除了一心一意地读书学习，没有其他的爱好。

教授语重心长地说，如果你们没有什么足以让自己倾心快乐的业余爱好，那你们就要从入学的第一天，开始培养这种爱好。这不仅是为了你们自身的身体健康，更是为了你们的病人。

学生们不解，齐问这是为什么？教授说，因为牙科医生，是一种很枯燥的工作。你一生的工作领域，就是病人嘴巴那么大的一块地方，就是32颗牙齿。如果你没有一项足以让你的生命得到滋润的业余爱好，那么，在长期枯燥的工作中，你的精神就会被磨损以致枯竭。所以，从你个人的健康和你工作的质量考虑，你都要建立起一项快乐的爱好。

文学，就是能给人以这种持久快乐的精神驿站。

亲自写作

亲自写作——好像是一句废话。但我的确经常这样对自己说。人是常常对自己说一些废话的。

人其实除了吃饭喝水这些非常生物的本能，是经常不亲自的。我们每天听到多少不亲自的言谈，看到多少不亲自的文字啊！

当我们很小的时候，我们也是不亲自的。我们必须接受许多约定俗成的东西，我们还没有力量亲自。

四十不惑。

为什么就不惑了呢？不惑以后又是什么了呢？是所有的人到了这个年龄都齐刷刷地不惑了起来，像通常的大拨轰一样，还是有些人要至死地惑下去呢？

古人无解。

我以为不惑就是明晰了世间的法则，知道了如何顺应天地之变，这自然是极好的事情。所以没到四十岁的时候，我一反女人家怕老的常态，祈求这个聪慧的年轮早日到来。但它真的来了，敲敲自己的脑筋，依然充满了疑惑。我伤心地想，真是不可救药了。也许我到了八十岁也惑呢。

但惑就一定不可存在吗？只要是亲自在惑，真真切切地、痛楚地感觉那疑惑，甚至连年轻时以为不惑的事情，也反过来惑起来，也是生命的一种形态吧！

因了这包绕我、壅塞我的疑惑，我便脱下医生的白衣，提起文学的墨笔。然而心里时时想逃遁的——医学对于女人，实在是太温暖太相宜了。

我抗拒着潜意识里的懦弱。中国战法素有破釜沉舟的光荣传统，我是绝不够格的。不但不敢砸了自己的饭碗，反而时时擦拭自己的小锅。我在名片上至今端端地印着“内科主治医师”的头衔（其实离开了医院，已没了处方权），就是明证。

但有时又想，美国的总统四年一届，并不允许无限期地连任下去，但也未见哪位总统因了任期的短暂而不好好干的。可见有临时观点的人，也还可认真做一点儿事的。

于是对自己说——亲自写作。写出自己对这个世界的真感受，对人生的真体验。一旦你写不出来了，就回去当你的医生吧！

旅游预习

旅游常常被复习。比如眉飞色舞地向亲朋好友讲述风光，比如把自己所摄的摇摇晃晃看着都头晕的DV向人演示，比如家里贮藏着数以公斤计的照片，比如忙不迭地指着电视屏幕一闪即逝的某处胜景，说，我去过去过……

但是，旅游需不需要预习呢？要到一个地方去，是否要事先多了解一些当地的风俗风光，向已经去过的先驱者打探有关的注意事项？简言之——旅游做不做预习？

大概分两派。一派是主张多看看有关的材料，这样心中有数，到了目的地，可以有的放矢，让有限的时间发挥最大的效益，自己的举手投足，甚至每一眼瞟去的地方，都物有所值，把浪费的系数减少到最小，分分秒秒颗粒归仓。

还有一派比较随心所欲，不做功课，贸然出动。赶上什么算什么，风吹雨打都是缘分；碰上什么吃什么，露宿风餐全为乐趣。闲云野鹤自由自在，流浪漂泊，到什么山上唱什么歌……只有大框架，没有细安排。

我内心渴望旅行中有很多奇怪的事情发生，不喜欢一切都在计划的桎梏中亦步亦趋，同时又害怕意外频发命运多舛。这就立场游移界限不清，时而循规蹈矩按图索骥，时而又摩拳擦掌尝试探险，于是成了面目可憎的骑墙派。

具体到细节中，也是这般举棋不定。到某地出游之前，看不看别人的游记和有关的介绍呢？如果不看，瞎子摸象地出发了，回来才发现有一些美景失之交臂。比如到西伯利亚的贝加尔湖，看到当地很多售卖海豹、海狗的小模型，模样煞是可爱。心中喜欢，却想这也不是当地的特产，不过是因为靠近北冰洋（贝加尔湖只有一条出湖的河流，叫作安加拉河，流入北冰洋），仗着地理优势，把那里的特产顺手牵羊了。看透了这些海物的真实来历，狠下心来，坚决不买。回家后查了资料才知道，这些动物正是贝加尔湖的一大特色，或者说是一大蹊跷。它们是生活在贝加尔湖中的淡水海狗、海豹，天下绝无仅有的景致。甚至有传说揣测，在永冻土层之下，贝加尔湖和北冰洋孔道相连。淡水的海狗和海豹是史前时期，经由地下从北极游过来的。

失之交臂，郁闷啊郁闷！看，这都是不预习的坏处。

也有反面的例子。20世纪80年代，我到西北。当地朋友说，明天去看阳关。就是那个“西出阳关无故人”的阳关吗？我说。

难道还有第二个阳关吗？朋友翻着眼白问，很吃惊的样子。

当然没有第二个阳关了。只要会背十首唐诗，你就会对阳关情有独钟耿耿于怀。那时资讯不发达，没有互联网也没有电视，所有关于阳关的印象都来自唐朝。我说，阳关好看吗？接待同志说，说不得啊说不得。我说，为什么？当地人答，说了就没啥了。本来以为问问能明白，不想下场是更糊涂了。

第二天，驱车80公里到了阳关。在我看到阳关的那一瞬间，就明白了阳关是不可说的。站在阳关前，目光凄迷。那道景致的全名叫作“阳关遁去”。昔日的喝酒的离别的繁华的歌舞升平灯红酒绿的阳关，已经在莽莽黄沙下长眠。细密的沙被漠风运起，如同夏雨前的蚁群掠过脚踝，留下酥麻的热感和浅淡的痛。云天浩渺大漠苍苍，你看到的只是荒丘和沙海，还有呼啸的长风和走动的烟霞。

幸好，我在这之前不知道阳关的任何现代版消息，才有了那劈头盖脸的愕然和惊骇，才有了那挥之不去的愁索与眷恋。假如被人提前告知了阳关的隐没，以我这样一个怕苦怕累之徒，是否还会跋涉百里去探看身无长物一贫如洗的阳关？

很多风光都在记忆中淡去，唯有什么都没有看见的阳关，却以无尽的遗憾和萧飒，在情窦中永生。这也许就是不可言说的万千惆怅吧！

从此，我固执地记取了这个经验，对那些充满了想象的地方，有意地不去查找资料，就让它们在想象中浮沉，享有海阔天空的余量。倘若有什么人好心好意地要告知我，我会迫不及待地捂他的嘴，像一个不想直接听到足球比赛结果的球迷。请让我自己去看吧，知道得越少越好。

山妖的阶梯

快到挪威边界了，导游莉雅说，可以买一些山妖带回国。我说，山妖是什么？莉雅说，你马上就能见到了。进得店中，只见无数个怪模怪样的玩具龇牙咧嘴地瞅着你，好似一头扎进了外国的花果山。

莉雅说，北欧人喜爱的神话人物“Troll”，俗名就叫“山妖”。山妖的长相实在不敢恭维，蓬头散发，青面獠牙。个子都很矮，红蒜鼻头，尖耳朵，大肚皮，牙齿参差不齐，手指和脚趾都只有八个。有的两个头，有的三个头，头上长着青苔和树木，甚至还会长出一些小山妖。有的干脆只有一只眼睛，全身披满破烂的长毛，还长着像牛一样的尾巴。最惊人的是比大象还长的鼻子，据说是熬粥时用来当勺子用的。

我问莉雅，山妖这么难看，一定也很凶恶。莉雅说，不。山妖虽丑陋，但心地很善良。天性活泼，常受到小孩愚弄，智商好像不太高。有时也会搞出些恶作剧，谁要是得罪了山妖，它就会报复或戏弄你。如果和山妖和睦相处，就会得到善报。

山妖也有软肋，就是只能昼伏夜出，见不得太阳。它们如果贪玩，忘了在天亮前躲起来，将被阳光化为空气或山石。山妖精于手艺，能制各种武器和家庭用品，在上面刻有咒符，人们若错用它们的家什，就会遭殃。

说了这么半天，你是否能想象出山妖的模样？如果还感觉困难，我就给你打个比方（这个比方没有向专家求证过，如果错了，责任自负）。我觉得白雪公主故事中的七个小矮人，就是山妖一族。你看，它们居住在密林中，有自己专用的锅碗瓢勺和小床，不喜欢外人的闯入和打扰，心地善良，乐于助人。这些岂不都暗合了山妖的秉性？

据说山妖是挪威最早的原住民。它们有家庭，分部落，甚至还有自己的国王。森林小湖的山妖叫“纳啃”；居住在瀑布和磨坊中的山妖多才多艺，擅长拉小提琴，名叫“弗色格里门”（即“丑陋的瀑布人”）。这个山妖还是个教授，听说一个挪威小提琴家曾拜师其门下。一般的山妖身材矮小，但在北方的海里，有一种叫“德捞根”的庞大山妖，十分恐怖。山妖安贫乐道，柴堆、菜园、仓库、马厩和牛棚，都是它们安居乐业的地方。

在哈丁格高原，我们的汽车穿行于白雪皑皑的山峰，地面上蹲踞着乱石，听说都是山妖的化身。山路旁，错错落落地插了些粉红色的小球，这是当地百姓供给山妖的玩具。

传说山妖很喜欢喝粥，长鼻子可当搅拌器用。我和山妖有同感，是喝粥爱好者，只不过对以鼻当勺略有微词。如果伤风感冒了，涕泪交加，恐不相宜。我把这顾虑同莉雅讲了，莉雅说，估计山妖是半人半神之体，并不罹患寻常的病痛。

山妖也有很多法力，可以化成美女，如同《聊斋》中的狐狸精，引诱年轻的男子进山。不过，识别它们也有法宝。山妖是有破绽的，如果你去北欧旅游，在人烟稀少的地方碰到曼妙的姑娘，一定要留意她身后是否有毛茸茸的尾巴。进山的女子也不可大意，有些雄山妖也会劫持漂亮的姑娘进山洞，从此音讯渺茫。

挪威戏剧大师易卜生的名作《培尔·金特》里，便有主人公遭山妖戏弄的场景——培尔无意间闯入山妖的洞窟，因拒绝与妖女成婚，遭众妖凌辱与折磨，差点儿丧命，幸而传来黎明的钟声，妖魔才星散而去。

山妖并不是铁板一块，而是分成三六九等。它们生性慵懒，但循规蹈矩；它们反应木讷，但天真善良；它们离群索居，偏又呼朋唤友；它们远离人又和人有着千丝万缕的联系……看来因为山妖是名副其实的草根阶层，所以才受到百姓们的广泛喜爱。

据专家考证，挪威利勒哈默尔市区北边的自然公园，是山妖的家乡，而在举世闻名的盖伦格峡湾，还有令人毛骨悚然的“山妖的阶梯”。

很喜欢“山妖的阶梯”这个词，缠着莉雅问可否绕道一看。莉雅说，那可是极险的悬崖公路，位于鲁姆斯达尔山谷，一弯又一弯，近乎垂直地从山顶盘旋而下。12道山弯像是一条极细的铂金白链“挂”在山间。因正在维修，我们无法抵达。看我失望，她说，今天的山路其状之险，也约等于“山妖的阶梯”了。

莉雅所言不虚。山路狭窄雪峰林立，以我曾在西藏阿里攀山越岭的经验，也不得不惊叹这行程的陡峻。跋涉数小时后登到顶峰，俯瞰峡湾景致。挪威峡湾是被联合国教科文组织列为世界游览者评价第一的旅游之地。清冽似冰的山风把衣衫鼓胀如帆，刀剁斧劈的孤悬绝壁之下，一泓碧蓝的海水，宛若仙境，美到令人晕眩。你会仰天长叹，相信此处绝非常人的居所，只能是山妖出没的属地。

银与福

在塔克拉玛干沙漠的边缘，有一座魔鬼城。它是雅丹地貌形成的沟壑，被飓风的利刃和雨水的指甲，还有岁月的刻刀雕刻镂空，塑造了千奇百怪的城骸和猛兽的残肢。最近被正式辟为地质公园，引来零散游客。

有一处地貌类似“无敌舰队”，无数高大的“雅丹”（雅丹是维吾尔语，意即陡壁的小丘）层岩，昂首挺胸，好像被天庭的巨鞭抽打着，中规中矩地朝着一个方向航行，虽悄无声息但一往直前。每一艘舰艇都似五层楼雄伟，朋友们隐入其中玩耍照相。工作人员一个劲儿叮咛，万万不可走远误入深处。

我因脚踝扭伤，无法走进波涛起伏的沙砾，只有坐在一旁看着瀚海发呆。忽然，背后有幽灵般的声音响起：客人，买一幅羊皮画吧，它会带给你好运。猛回头，见一老媪披着漠黄色的袍子悄然移近我，枯瘦的手爪挥舞着一卷画轴。

我吓了一跳，觉得这老太太简直就像是魔鬼城的常住人口。揉眼看，不远处的越野车和天上浑黄的太阳俱在，胆子才壮了一些，问，你的羊皮画上都画了些什么？

什么都有，要什么有什么，它能保佑你。老女人说着，打开了她的包袱。羊皮画卷在一起，散发着令人昏昏欲睡的气味。我一幅幅展开来看，每幅有脸盆底大小，四周缀满了憔悴的草珠子，用细而韧的羊肠线编织成网状，古朴中透着不可捉摸的空灵。画上多半写着各类经文，绘着炫彩的符咒，完全看不懂。有一幅很特别，周缘挂着木质流苏，沉甸甸地拉直了菲薄的羊皮，使画上的图案像少女的面颊平展而悦目。皮画分两面，一面染作宝蓝色，一个长相如史前岩画上走下来的小人，手舞足蹈，快乐得几乎摔了跟头。另一面是不均匀的漆黑底子，仿佛百年老灶的坑灰胡乱涂抹而成，其上用某种矿物粉描了三个歪歪斜斜的汉字——银与福。

我拿在手中，翻来倒去地看，不解，问，什么意思？

老人的目光在稀疏的睫毛下浑不见底，好似注满沙粉的小潭。她说，银子，你懂吧？就是钱。它能保佑你有钱。

看看同伴们归来还早，我就同老人聊起来，说，银子是个好东西啊！在城里，有了银子就有了一切。可以有水，有大房子，有汽车……

一股沙漠上的焚风刮来，下唇顿时就崩了口子。我吐掉牙上的土末说，还可以买到空调和游泳池……想想老人可能永远也不知道什么叫游泳，就闭了嘴。

老人在风沙中一动不动，说，银子就是银子，银子不是所有的东西。如果银子是一切，羊皮上就不会写着再送你“福”了。银子和福是两样东西，你可以有银子，但是你没有福。福是另外的赐予。

我说，有没有这样一种可能呢？我没有银子，可是我有福。

老人好似一尊沙漠中的石像，说，行的。你没有银子，可是你能有福。

我说，不见得吧？如果真是那样，就该写着“福与银”了，而不是现在的顺序。

老人并不恼，说，细细看，看它的四周是什么。

我这才注意到羊皮画周边的木质流苏，并非普通的纹饰，而是一把又一把吃饭的勺子。它们由树根雕成，平浅单薄，要是用来舀汤，可真要费不少功夫。

老人说，福的根是要有饭吃，要是没得饭吃，人就成了干尸。干尸你懂吧？

我不住地点头。干尸，当然懂，在魔鬼城，人和干尸只有一步之遥。

老人继续说，有了吃，人就有了福底子。有银子比有福容易，有人有银子，可是没有福。有福是最难的。

你要先有了吃饭的勺子，再有了锦上添花的银子，然后，你还要去找福。银子永远不能骑在福上头。

我从老人手中买下了“银与福”的羊皮画，目送她漠黄色的袍子消失在魔鬼城“无敌舰队”的旗舰之后。若不是羊皮画玄妙的气味直冲鼻根，我非得认定方才的情形是海市蜃楼。

直到今天，我还不时拿出这幅羊皮画抚摸端详。每一次都会有金米样的沙粒掉出，又会被我精心地填回羊皮的皱褶。心中始终存有疑问，这画是谁的工笔？那老人吗？她如何会写汉字？她躲在魔鬼城，飘然而出，瞬忽而遁，就是为了向被城市腌得两眼发黑的我们，展示这古老的箴言？

在北欧游轮上

从芬兰到瑞典，我们乘坐的是“维京”号游轮。也许是因为泰坦尼克号留下的印象太深刻了，我上船的第一个动作就是鬼鬼祟祟地瞟着船的两舷，想数数救生艇的数目够不够。其实数也是瞎数，谁知道船上有多少人呢?

到了吃晚饭的时候，就大概知道有多少人了。晚饭被安排在9点半，即使此刻是北欧的白夜期间，太阳下班很迟，这个时辰吃饭也还是相当晚了。导游跑去联系，企图把我们的吃饭时间提前，未果。游轮方面的答复是：食客众多，只能分期分批地享用大餐，已经安排在这个时间，无法更改。

入乡随俗吧。

时辰到，进了餐厅，真是蔚为壮观的饕餮大军。自助餐形式，几百个不锈钢的食槽彻头彻尾地敞开心扉，各色食品竭尽全力讨好你的视觉嗅觉，透过它们和你腹中的肠胃打招呼。无数人端着盘子，在美味之中遨游，如同饥饿的鲨鱼。

餐厅位于整个游轮的正前甲板处，四周都是玻璃，可以把它想象成行进中的水晶宫，游客们就在这座劈风斩浪的宫殿里，有惊无险地大快朵颐。

得知我们能够在“维京”号游轮上享受美食，送我们上船的芬兰导游不胜羡慕地说，我到芬兰七年了，都还没有乘过游轮。据说船上的大餐会让你一辈子难忘。

中国人吃饭好扎堆，有了美景有了美味，当然要有佳客，说说笑笑当佐料，才有滋有味地惬意。伙伴们很快就发现这愿望成了窗外波罗的海的一朵泡沫。餐厅能接待的人数有限，一批人抹着嘴巴走出，另一批人才能鱼贯而入。吃完的人散居在各处，腾出的位置也星罗棋布。这直接导致了我们虽然获准进入餐厅，但并没有现成的位置候着，全靠见缝插针。

没有那么大的缝隙，可以一下子插入这么多中国针，只能化整为零分而治之了。

我端着盘子在熙熙攘攘的人流中寻找座位。一处偏僻的位置，一张两人小桌，一个黄种人在独自进餐。男性，个子不高，大约30岁的年纪，服饰整洁。我猜他是一个日本人，也可能是韩国人。说实话，哪怕有一线希望，我也不愿意和一个日本人同桌进餐，但环顾左右，桌满为患，再咽着口水四处游逛，有点儿像丐帮。

我用汉语说，这里有人吗？

没指望他能听懂。在海外旅行的经历，我有一个收获，你不会说当地语言也无大碍，大胆地自说土话好了。

反正人们萍水相逢之时，能够交流的信息是有限的，配合着手势和表情，大致也能猜个八九不离十。千万不能钳闭双唇什么也不说，那才是真正的闭目塞听一头雾水。

我相信以我端着盘子没着没落的样子，他一定能明白我的意思，摇头或是点头就可答复。没想到他非常清晰地用标准普通话回答我说，没有人，你可以坐。

我大喜过望。不单是因为有了座位，更是因为在这里遇到了同乡。我如释重负地放下盘碟，说，中国人？

他略微迟疑了一下，说，冰岛人。

我大吃一惊，说，你一个冰岛人，居然把汉语说得这么好啊！

他微笑了一下说，我以前是中国人，十几年前加入了冰岛籍。

原来是这样。我说，那你就是冰籍华人了。怎么称呼你呢？

他说，你就叫我阿博好了。

我坐在阿博对面，开始吃我的很晚的晚餐。动了刀叉之后，才发现这顿大餐并不像想象中那样诱人。不怪游轮上厨子手艺不精，是我失算。单凭目测一见钟情，拣来的食物多半口味诡异。比如一种美若珊瑚的红豆子，每一颗都像宝石般放射光芒，我以为是外籍的红豆沙，舀了偌大一勺，抿到嘴里方品出拌了羊油和蜂蜜。平素我不吃羊肉。

炸鸡、蔓越莓、番红花鳕鱼、牛蒡扒、惠灵顿牛排、迷迭香、酸辣墨鱼、酪梨、红酒烤肉……你很难猜出色彩艳丽的食物中蕴含着怎样陌生的原料和味道。拣到盘子里就都是菜，不得不通通吃掉，以防服务生对中国人有微词。只是照单全收很辛苦，吃相也不轻松。

阿博看出我的窘态，慢慢地等我吃完，说，我和你一道再去添些食物。我知道有一些东西比较合东方人的口味。

有了阿博做向导，在食物摊中游弋，好比有了指南针，东西好吃多了，起码入口不再龇牙咧嘴。

阿博说，客人来自四面八方，游轮上各种口味的饭菜都有。

我说，没有看到中国饭啊。

阿博说，他们主要还是接待欧洲人，当然以西餐为主。以后中国人来得多了，他们也会做中餐的。

我说，你当年怎么想起来冰岛的呢？

阿博说，我很想到海外留学，成绩不是很好，美国的学校取不上，英国学费又太贵了，就到冰岛来了。在冰岛学习冰岛语，有奖学金，就这么简单。

我说，你喜欢冰岛吗？

他说，喜欢。不然我不会入籍。

我说，冰岛有什么好处，这样吸引你？

阿博说，第一是我喜欢冰岛的水。冰岛是个资源非常丰富的国家，特别是水，简直取之不尽，用之不竭。冰岛人口很少，又有广大的冰川，简直就是一个大水库。第二是我喜欢冰岛的风光，像月亮一样。

我有点儿搞不明白，就问他什么叫像月亮一样，是又大又圆的意思吗？

阿博说，我说冰岛像月亮，是指它的美丽和寒冷，还有荒凉。当然了，还有各种宝藏和让人充满了想象的寥廓空间。

我说，哦，明白了。第三点呢？

阿博说，第三是我喜欢冰岛的姑娘。她们热情豪放，敢爱敢当。如果喜欢你，就狂热似火地和你相爱。不喜欢了，就恩断义绝地同你分手，绝不拖泥带水。如果是你不干了，就直截了当地告诉她，她也不会哭哭啼啼缠着你不放。如果有了孩子，就跟你算清抚养账目，然后痛痛快快地奔自己的前程去了，再不会寻死觅活地找你麻烦。只是冰岛的法律很保护女子和孩子的利益，就算你是个富豪，如果离上几次婚，也就成了穷光蛋。

我说，看你对冰岛女子这样倾心，想必一定是娶了当地姑娘。

阿博说，曾经有过这样的想法。冰岛出美女，那里的女孩子也很阳光。她是我在一次圣诞节的聚会上遇到的，名叫黛比。我们一见倾心。那一天，正是北极圈内最黑暗的时分，天上出现了美丽的极光，是淡绿色的，横跨整个天穹，好像一匹无与伦比的绸缎，妖娆得令人恐怖。好在两个人在一起，什么都不怕了。那天我们喝了很多酒，分手的时候，彼此恋恋不舍。黛比说，咱们到乡下去吧。我说，这样寒冷，到乡下去岂不要冻死？黛比说，你跟我来，会把你热死。我就和黛比上了路。前几天刚刚下过一场暴风雪，公路上的雪虽然被铲雪机清除了，但两侧的积雪有好几米高，穿行在雪巷中，好像童话世界。我随着黛比到了冰岛首都雷克雅未克郊外的一座别墅。房子几乎被皑皑冰雪掩埋，只有房顶高耸的壁炉烟囱证明这里曾有人居住。

冰岛的富人通常在郊外都有这样的住所，主要是夏天时分来游玩，到了冬天，就人迹罕至了。我说，黛比，你有钥匙吗？

黛比说，这是我亲戚家的房子，我有钥匙。但是，没带。

我说，这不和没有钥匙是一样的吗？黛比说，当然不一样。我有钥匙，说明我有支配这套房屋的权利。我说，权利是一回事，我们进不去，这就是另外一回事了。

黛比说，谁说我们进不去呢？

我说，没有钥匙你怎么进去呢？

黛比说，这太简单了。说着，黛比走到窗户跟前，扒开积雪，用靴子猛地扫了过去，玻璃应声而碎。黛比矫健地跳了进去，然后从里面把房门打开。我大吃一惊，说你近乎强盗了。黛比笑起来，说，维京人的祖先就是海盗。

那一次，我和黛比在乡下的别墅待了三天三夜。屋内储备有很多罐头食品，还有饮用水，我们吃穿不愁。取暖和洗澡也没有问题，设备很齐全。窗外是极其寒冷清澈的星空，身边是极其温暖柔软的姑娘，那种感觉真是欲仙欲死。三天以后，我们回到都市。黛比对我说，咱们到此为止吧。

我大吃一惊，说，为什么？我们才刚刚开始。黛比说，我有男朋友，只是这一阶段他不在。现在他就要回来了，我们就结束了，这就是一切。谢谢你给予我的美好感受。说完就翩然而去。

我知道这对黛比很正常，但我难以接受，久久伤感。后来我决定还是找一个中国的传统女性做妻子。文化这个东西，像胃一样，换不掉的。我不希望我的女儿在14岁的时候，就把男孩子领回家；不希望我一推门看到他们在床上做爱，我还要心平气和地说，对不起，打扰你们了，然后镇定地转身离开。我做不到……

阿博举起一杯酒，我用手中的矿泉水和他碰碰杯，预祝他早日找到中意的中国新娘。

吃罢晚饭，已近深夜。我到船上的免税商店转了转，里面也是熙熙攘攘热气腾腾，人们提着装满酒和化妆品的袋子兴高采烈。还有很多娱乐设施，听说人也很多，因为疲倦，我都没去浏览。

这艘游轮就叫作“维京”号。维京人（Viking）是日耳曼人生活在斯堪的纳维亚半岛地区的一支，也称诺狄人，至今德语中“北”仍和此发音近似。维京人人口不多，却是欧洲历史上影响很大的一个种族。他们的足迹北达格陵兰、冰岛以及俄罗斯，南及地中海南岸温暖的亚历山大港和耶路撒冷，西抵不列颠、爱尔兰，东达北美洲东北部。他们在这些地方耕种、放牧、交易，凭着当时欧洲最出色的航海技术，到处拓殖和贸易，在今瑞典、丹麦、挪威等地安营扎寨。连远在加拿大的圣劳伦斯湾也曾是维京人的殖民地。近东的拜占庭有精锐的维京人雇佣军团，英格兰、爱尔兰、法兰西都有他们的占领区和政权。现代英语最常用的词汇中有九百多个来自维京语。英国东北部的六百多座村庄至今还沿用维京地名。法国船长口令中的“左（babord)”“右(tribord)”，也是维京航海家留下的。爱尔兰首都都柏林的奠基人，也是维京人。在俄国，时至今日，普京和叶利钦互称“先生”时，说的还是维京人古老的词汇。

维京人的基本生活方式是农耕，他们的农庄以家族为单位。但他们并不是自给自足的小农，他们还下海捕鳕鱼，腌渍以后卖给西欧人。他们从事国际贸易，有石制、陶制、木制以及兽骨兽角制成的日用器皿，还有金属制品、毛纺织品、珠宝饰品等。传统沿袭至今，只不过贸易的品种改成了集装箱码头、战斗机、轿车和移动电话。他们还大量倒卖各地土特产，考古中发现的存货就有斯堪的纳维亚的磨刀石和染料、荷兰的布匹、地中海的丝织品等。

严酷的环境和落后的生产方式，使维京人的文化处于相当原始的状态。神话、英雄史诗都在吟游诗人口头上流传。维京人是尚武的。他们的神谱中有两大神系，最崇高的主神名叫奥丁，属于埃西尔神系，与雷公索尔为伴。他创造了世界上的一切，并拥有全部的知识，但最重要的是，他是战神，主宰生死。另一个被称作瓦尼尔的神系，由弗雷和他的妹妹弗雷娅组成，相对温柔些，主管繁殖和财富。维京人信仰骁勇善战，宣称懦夫将被送进寂寞的地狱，而勇敢战死的人则升入乐园瓦尔哈拉。

实话实说，我觉得北欧的自然环境挺恶劣的，如果没有那些郁郁葱葱的树木，简直就是穷山恶水。在这里生长的维京人，如果不彪悍，早被别的部族消灭或赶走了。他们敬畏大自然的力量，相信即使是他们全能的大神，也战胜不了命运的安排。好在他们也达观，相信彻底毁灭之后将是新一轮重生，周而复始，生生不息。

维京人并非没有文字，只是北佬传下来的由24个字母组成的书写体系比较原始，又没有好的介质，只好刻在木头和石头上，这样就只能作为记录而不方便交流。

为了刻画方便，字母都由直线和折线组成，没有现代字母的曲线，如现在的“O”是圆圈，而当时则是个菱形。这种文字是后来的英语的原型。而沉郁寡言的维京人还嫌24个字母太复杂，逐渐给简化成16个，表达能力就更差了。有时候人们就把维京人简称为“海盗”。

我不知道阿博在雷克雅未克郊外遇见的女子，是不是一个海盗的后代，但那种性格显然和生长在温带的中国人有相当大的不同。

在心理学里有一种人格名称，叫作“T型性格”，简称为“海盗性格”。代表着创造性，外向型，爱冒险，喜欢生活多姿多彩，喜欢生命力淋漓尽致地发挥。他们喜爱追求新奇和未知，喜欢不确定性，喜欢复杂与刺激，爱把生命搞得像“一次事故”。有生理学家研究指出，这些人与生俱来有一种“刺激”基因，需要经常性的强力刺激，才能保持生命的张力和兴奋，只有不断地冒险，他们才感觉到自己还活着。

据说，爱因斯坦就是这样的人。

也许，黛比也是这样的人。

突然记起阿博的一段话。阿博说他和黛比分手的时候，天空也飘荡着北极光。这一次的北极光是橙红色的，披散着，很零乱，好像火焰或者是巫婆的眼光。

我说，什么时候才容易出现北极光呢?

阿博说，有三个条件。

阿博很喜欢把问题梳理成几个点，也许是因为学管理的吧。阿博说，最容易出现北极光的日子，第一是要在冬天的12月。第二是要天气特别晴朗，如果有大风的搅动，极光就会躲藏。第三是要特别寒冷。

阿博说，真奇怪，那三天，都有北极光出现，第二天晚上的北极光是金蓝色的，好像深海的海草，也像黛比的头发。

清早起来，站在甲板上，呼吸着海风传递的湿润，渐渐地接近了港口——瑞典到了。上岸的时候，我又看到了阿博。彼此间隔着很多拉杆箱和双肩包，我们只是微笑着颔首，算是招呼，算是告别。

旅途就是这样，我们会在某个地方以出乎意料的方式遇到某个人，彼此一点儿都不了解，却说了太多的话。

从此天各一方，也许永无相见。祝福他！

淑女书女

假若除去经济的因素，比如想读书但无钱读书的女子，天下的女人，可分成读书和不读书两大流派。

我说的读书，并不单单指曾经上过小学中学大学硕士博士，读过一本本的教材。严格地讲起来，教材不是书。好像司机的学驾驶和行车、厨师的红白案和刀功一样，是谋生的预备阶段，含有被迫操练的意味。

我说的读书，基本上也不包括报纸和杂志，虽然它们上面都印有字，按照国人“敬惜字纸”的传统，混进了书的大范畴。那些印刷品上，多是一些速朽的讯息，有着时尚和流行的诀窍，居家过日子的实用性是有的，但和书的真谛，还有些差异。

好书是沉淀岁月冲刷的砂金，很重，不耀眼，却有保存的价值。它是地球上曾经生活过的那些智慧的大脑，在永远逝去之前自立下的思维照片。最精华的念头，被文字浓缩了。好像一锅灼热久远的煲汤，濡养着后人的神经。

书对于女人的效力，不像睡眠。睡眠好的女人，容光焕发。失眠的女人，眼圈乌青。读书的女人和不读书的女人，在一天之内是看不出来的。

书对于女人的效力，也不像美容食品。滋润得好的女人，驻颜有术；失养的女人，憔悴不堪。读书的女人和不读书的女人，在三个月之内，也是看不出来的。

日子是一天天地走，书要一页页地读。清风朗月水滴石穿，一年几年一辈子地读下去。书就像微波，从内向外震荡着我们的心，徐徐地加热，精神分子的结构就改变了，成熟了，书的效力最终凸显出来。

读书的女人，更善于倾听。因为书训练了她们的耳朵，教会她们谦逊。知道这世上多聪慧明达的贤人，吸收即成长。

读书的女人，更乐于思考。因为书开阔了她们的眼界，拓展了原本纤细的胸怀。明白世态如币，有正面也有反面，一厢情愿只是幻想。

读书的女人，更勇于决断。因为书铺排了历史的进程，荟萃了英雄的业绩。懂得万事有得必有失，不再优柔寡断贻误战机。

读书的女人，更充满自信。因为书让她们明辨自己的长短，既不自大，也不自卑。既然伟人们也曾失意彷徨，我们尽可以跌倒了再爬起来，抖落尘灰再向前。

读书的女人，较少持续地沉沦悲苦，因为晓得天外有天乾坤很大；读书的女人，较少无望地孤独惆怅，因为书是她们招之即来永远不倦的朋友；读书的女人，较少怨天尤人孤芳自赏，因为书让她们牢记个体只是恒河沙粒沧海一粟；读书的女人，较少刻毒与卑劣，因为书中的光明，日积月累浸染着节操，鞭挞着皮袍下的“小”……

“淑”字，温和善良美好之意。好书对于女人，是家乡的一方绿色水土。离了它，你自然也能活。但与书隔绝的日子，心无家园。半生过下来，女人就变得言语空虚眼神恍惚心地狭窄见识短浅了。

淑女必书女。

丘吉尔教我绘画

温斯顿·丘吉尔作为1953年诺贝尔文学奖的获得者，我最喜欢的是他的散文——《我与绘画的缘分》。

文章的头一句话就吸引了我——“年过四十而从未握过画笔，老把绘画视作神秘莫测之事。”老丘吉尔实事求是地坦露心迹，使我感到亲切。

我总是把是否令人感到亲切当作一件很重要的事，这证明我实在是个平凡的人。这个世界上多的是平凡的人，少的是伟人。能够听一个伟人说平常的话，不知为什么，就更多一份感动。

人们要说同某件事的缘分，多从遥远的童年讲起。每逢看到这种回忆的时候，我就不由自主地微笑。这笑容并不完全是善意的，因为我怀疑他们的记忆已在多年的沉淀中变质。

老丘吉尔的坦率（起码我相信在这件事上他说的是真话），使我饶有兴趣地往下看文章。以前我常常忍着心中的不快，读一些在气氛上就令自己不喜欢的东西，以为自有一份神秘埋在深处，有一种甘当读书苦行僧的修炼意志。随着年龄渐长，我的耐心被腐蚀了，变得越来越不善于忍受。一旦我在某人的文章中嗅出矫情与做作，即掉头离去再不勉强自己。

老丘吉尔在绘画这个神奇的领域里，大开了眼界。他很希望别人也能体验到这一番快乐，就眉飞色舞、不厌其烦地讲述那些在专业绘画人员看来不屑一顾的常识。譬如“油画颜料比水彩颜料更好”“调色刀可以一下子就把一个上午的心血从画布上铲除干净”……

我在这些近似天真的话语里看到了老丘吉尔得意的神色。我想，他一定曾听别人讲过类似的诀窍，但是他忘了。或者他没忘，但觉得这不是自己的亲身感受，于是不予在意。只有经过自己肆意舞动画笔，才深刻地体察了这些教条的可爱，忍不住再说一遍。他这一说，就说出了和别人不同的味道。他写了第一次绘画时人对画布的恐惧，然后是一种征服调色板的快意。他写了对光的神秘的感悟，对美术高手的倾慕，绘画对于旅游的调剂，甚至说到了在绘画的案台前和在教堂里站立时的不同感觉……

这些渗透了幽默的话语，令人会心一笑。最后兴致陶陶的老丘吉尔简直像个颜料商似的，赤膊跳出来说：“买一盒颜料，尝试一下吧……惠而不费，独立自主，能得到新的精神食粮和锻炼，在每个平凡的景色中都能享有一种额外的兴味，使每个空闲的钟点都很充实，都是一次充满了销魂荡魄般发现的无休止的航行……”

这真像是广告词，幸而老丘吉尔没有说出某种颜料的具体牌号，才使人确信他襟怀坦荡。

读了老丘吉尔的这篇大作之后，我想，在我一生的某个时候，可能要拿起画笔，试着画点儿什么。我得说是老丘吉尔鼓励了我这样做，是他教我画画的。当然他绝不是一个好的画师，也许我孤陋寡闻，不知他有何传世的画品留下。即使有，我想也不是因了画技的高超，而是沾了名气的“缘分”。但他鼓励了我，一篇好的文学作品可以鼓舞人，不仅是在宏大观念上，有时也会在一件极小的事情上。

我常常在文学作品中寻找处境这种东西，或者简言之是一种状态。大到对宇宙的看法，小到对一枚绣针的观察。当我得知在这个世界上很远的地方，有一个人会和我有一种共识的时候，心灵就模模糊糊但是毫不迟疑地暖和起来。当我打开一部书的时候，我会有一种朦胧的自己的心被他人诉说的期望。假如我的这种期望始终得不到满足，我就会合上这本书，并对别人说：它不好看。

也不可把自己实践画画的起因全归结于老丘吉尔。他只是一个触媒，最原始的愿望早已结成蛹，潜藏在暗处。当我写作的时候，面前常会出现一个场景或是朦胧的颜色，我想，要是能把它凝固下来，起码对我个人是有益处的，在创作中断之后看一眼，就可迅速进入氛围（这只是我的想象，实践起来不知会是怎样）……

假如没有老丘吉尔，这个想法可能就会永久地冬眠。看了他的这篇散文，在某个阳光明媚的早晨或是狂风大作的夜晚，也许我会拿起画笔一试。

只是我用的可能是老丘吉尔所不屑的水彩颜料，而不是他所说的油画颜料。我喜欢水彩稀薄的美丽。

人可以最大限度地逼近真实

朋友给我讲过这样一个故事。

他祖父小的时候，很聪明，也很有毅力，学业有成，正欲大展宏图之际，曾祖将他叫了去，拿出一个古匣，对他说，孩子，我有一件心事，终生未了。因为我得到它们的时候，一生的日子已经过了一半，剩下的时间，不够我把它做完的。做学问，就要从年轻的时候着手，我要是交给你一件半成品，不如让你从头开始。

原委是这样。早年间，江南有一家富豪，酷爱藏书。他家有两册古时传下的医书，集无数医家心血之大成，为杏林一绝。富豪视若珍宝，秘不传人，藏在书楼里，难得一见。后来，富豪出门遇险，一位壮士从强盗手里救了他的性命，富豪感恩不尽，欲以斗载的金银相谢。壮士说，财宝再多，再贵重，也是有价的。我救了你，你的命无价。富豪说，莫非壮士还要取了我的命去？壮士大笑说，我不是要你的命，是想用你的医书，救普天下人的性命。富豪想了半天，说，我可以将医书借给你三天，但是三日后的正午，你必得完璧归赵。说罢，命人从嵯峨的木制书楼里，将饱含檀香气味的医书捧了出来。

壮士得了书后，快马加鞭急如星火地赶回家，请来乡下的诸位学子，连夜赶抄医书。书是孤本，时间又那样紧迫，荧荧灯火下，抄书人目眦尽裂，总算在规定时间之内，依样画葫芦地描了下来。壮士把医书还了富豪，长出一口气，心想，从此以后，便可以用这深锁在豪门的医学宝典，造福于天下黎民了。

谁知，抄好的医书拿给医家一看，才知竟是不能用的。医家以人的性命为本，亟须严谨稳当。这种在匆忙之中由外行人抄下的医方，讹脱衍倒之处甚多，且错得离奇，漏得古怪，寻不出规律，谁敢用它在病人身上做试验呢？

壮士造福百姓之心不死，急急赶回富豪家。想晓以大义，再请富豪将医书出借一回，这一次，请行家高手来抄，定可以精当了。当他的马冷汗涔涔地到达目的地时，迎接他的是冲天火光。富豪家因遭雷击燃起天火，藏书楼内所有的典籍已化为灰烬。

从此这两册抄录的医书，就像鸡肋，一代代流传了下来。没有人敢用上面的方剂，也没有人舍得丢弃它。书的纸张黄脆了，布面断裂了，后人就又精心地誊抄一遍。因为字句的文理不通，每一个抄写的人都依照自己的理解，将它订正改动一番，闹得愈加面目全非，几成天书。

曾祖的话说到这里，目光炯炯地看着祖父。

祖父说，您手里拿的就是这两册书吗？

曾祖说，正是。

祖父说，您是要我把它们勘出来？

曾祖说，我希望你能穷毕生的精力，让它死而复生。但你只说对了一半，不是它们，是它。工程浩大，你这一辈子，是无法同时改正两本书的。现在，你就从中挑一本吧。留下的那本，只有留待我们的后代子孙，再来辨析正误了。

祖父看着两本一模一样的宝蓝色布面古籍，费了斟酌。就像在两个陌生的美女之中，挑选自己终身的伴侣，一时不知所措。

随意吧。它们难度相同，济世救人的功用也是一样的。曾祖父催促。

祖父随手点了上面的那一部书。他知道从这一刻起，这一个动作，就把自己的一生，同一方未知的领域，同一个事业，同一种缘分，紧紧地粘在一起了。

好吧。曾祖把祖父选定的甲册交到他手里，把乙册收了起来，不让祖父再翻。怕祖父三心二意，最终一事无成。

祖父没有辜负曾祖的期望，皓首穷经，用了整整半个世纪的时间，将甲书所有的错漏之处更正一新。册页上临摹不清的药材图谱，他亲自到深山老林一一核查。无法判定成分正误的方剂，他采集百草熬药炼成汤，以身试药，几次昏厥在地。为了一句不知出处的引言，他查阅无数典籍……那册医书就像是一盘古老石磨的轴心，天文地理古今中外，凡是书中涉及的知识，祖父都用全部心血一一验证，直至确凿无疑。祖父的一生围绕着这册古医书旋转，从翩翩少年一直变作鬓发如雪。

按说祖父读了这许多医书，该能成为一代良医了。但是，不。祖父的博学只为那一册医书服务，凡是验证正确的方剂，祖父就不再对它们有丝毫留恋，弃而转向新的领域探索。他只对未知事物和纠正谬误有兴趣，一生穷困艰窘，竟不曾用他验证过的神方医治过病人，获得过收益。

到了祖父垂垂老矣的时候，他终于将那册古书中的几百处谬误全部订正完了。祖父把眼睛从书上移开，目光苍茫，好像第一次发现自己已走到生命的尽头。

人们欢呼雀跃，毕竟从此这本伟大的济世良方，可以造福无数百姓了。

但敬佩之情只持续了极短的一段时间。远方出土了一座古墓，里面埋藏了许多保存完好的古简，其中正有甲书的原件。人们迫不及待地将祖父校勘过的甲书和原件相比较，结果是那样令人震惊。

祖父校勘过的甲书，同古简完全吻合。

也就是说，祖父凭借自己惊人的智慧和毅力，以广博的学识和缜密的思维，加之异乎寻常的直觉，像盲人摸象一般在黑暗中摸索，将甲书在漫长流传过程中产生的所有错误全改正过来了。

祖父用毕生的精力，创造了一项奇迹。

但这个奇迹，又在瞬忽之间烟消灰灭，毫无价值。古书已经出土，正本清源，祖父的一切努力，都化为劳而无功的泡沫。人们只记得古书，没有人再忆起祖父和他苦苦寻觅的一生。

讲到这里，朋友久久地沉默着。

古墓里出土了乙医书的真书吗？我问。

没有。朋友答。

我深深地叹息说，如果你的祖父在当初选择的那一瞬间，挑选了乙书，结果就完全不一样了啊。

朋友说，我在祖父最后的时光，也问过他这个问题。

祖父说，对我来讲，甲书乙书是一样的。我用一生的时间，说明了一个道理，人只要全力以赴地钻研某个问题，就有可能最大限度地逼近它的真实。

祖父在上天给予的两个谜语之中，随手挑选了一个。他证明了人的努力，可以将千古之谜猜透。

这已经足够。

我不喜欢的中年人

我不喜欢总爱说自己年轻的中年人，那是对一个人基本的组成部分——年龄的不敬。年龄是生命的坐标，好似一个中学生，一年年读书，一年年升级。明明要进大学了，却要蹲班二年级，不很相宜吧？

我不喜欢总爱话说沧桑的中年人，疑那里面隐含着虚荣的夸耀和无奈的凄凉。经历是一个事实，总挂在嘴边，就成了邮寄过时的请柬，除了一笺华美或是简陋的纸，已无出席的意义。

我不喜欢好为人师的中年人，你已多少有些教诲他人的资本，仿佛家有薄粮的贫下中农，但目前最要紧的活儿，是感天谢地祈人和，把自己地里的麦子种好，不要对着广阔的田野指手画脚。

我不喜欢唉声叹气的中年人，你可以放声哭泣，却不要长久地抑郁。不妨和三五好友深情倾诉，之后把眼泪抹干，在风雨中微笑向前。

我不喜欢惧怕衰老的中年人，以你的经验，已知那是不可逃避的天然。别装烂漫，别故意显示身手敏捷头脑不凡，懂得渐渐消失并欣然迎接老迈是一种成熟的光荣。

我不喜欢停顿学习的中年人，学习和年龄没有关系，只和心智相连。明白了书本如同钙质，幼儿需要老年人需要中年人也需要的时候，你就心平气和地眷恋它了。

回答海浪

1994年的盛夏，我和母亲漫步在北戴河的海滨。父亲逝去的悲哀缠绕在我们的心里，因为怕对方难过，面对苍茫的大海和翩飞的鸥鸟，我们什么都不说。但我们都感觉到悲怆的存在，一如海潮退后礁石的狞厉。

应河北教育出版社之邀，女作家们在商量《红罂粟丛书》的出版事宜。当我们开会的时候，母亲就一个人到海边散步或是枯坐。我每天都把丛书的事情说给母亲听，我料想她不会感兴趣。但在这样一个安静的地方，可供谈话的资料很少，我只好不断地提到红罂粟。

突然有一天，母亲很严肃地对我说，你现在是不是还有东西可写?

我说，是啊。我有时觉得自己像一个火山湖，咕嘟咕嘟地冒着黏稠的气泡，许多念头在那里躁动不安。

母亲说，那好，你现在就写好了。她的表情很庄重，好像在批准一项重大工程。

母亲又说，假如你有一天不能写了，不要强努着写下去，就回去当医生吧。我看过太多的不好看的作品，你最后千万可别走到这一步，人家会骂你的。

母亲讲到这些话的时候，海水恰好卷起一个大浪，用泡沫在金色的海岸上拍出一个雪白的符号，应和母亲对我的训示。

我郑重地对母亲说，您的话我一定铭记在心。

许多人问过我，你为什么写作？我总是说——为了我的父母欣喜。

我常常看到人们闻听之后的失望神色。是的，这真是一个太不响亮的写作理由，以至我在最初回答时羞于出口。

但对我来说，确实是这样。真实有时简陋得可怕。

我的父母亲希望我成为一个作家，一个好作家。作家这行业如今也像其他的诸行一样，有了好和坏的分野。在很久以前，作家似乎都是好的，比如人们说作家是人类灵魂的工程师时，并没有特地强调只有“好作家”才对得起这顶桂冠。现在连小孩子也知道，街上很有些书是坏作家写的。

做一个好的作家，就像做一个好的手艺人一样，挺难。

如今，在社会的环境、人生的机遇和个人的天赋种种限制之下，作家还要有面对诱惑与喧嚣的沉稳定力。

语言是一种比玉石还要坚硬、比煤渣还要普通、比豆腐还要软、比草莓还要新鲜的材料，要在这上面雕出图案来，非得屏气凝神惨淡经营不可，容不得些微游移。

每个人写作的原始动力是不一样的。不断地写作是旷日持久的马拉松，动力在奔跑中消耗，并无以补充。它甚至比体力的衰减更易于被作家本人察觉，引起无以逃遁的焦虑和恐惧。许多文学大师在人们还以为他宝刀不老的时候断然辞世，我想这可能也是一个原因。大师们已然领悟，对于宇宙来说，个体的这一种形态到那一种形态的转变，实在是无足轻重的事情。既然在这个世界里无能为力，就到另一个世界里重打鼓另开张吧。

有一个朋友对我说，你挺努力啊。

我说，在父母的教诲下，我从小习惯了做每一件事都努力，我不知道不努力做事将是怎样。好比是扫地吧，已习惯于把地扫得干干净净。假如要不努力地扫地，就需在扫地的过程中不断地提醒自己说：遗下这个角落不要管它，对这张碎纸装看不见……一不留神失于告诫，自己就又会把地扫得洁净无尘。

这真是无可改变的轨道。

我不会不努力，只有努力得不够或是不得法的时候。

但写作不是扫地，你可能尽了所有的努力仍写不出好作品。我现在还在努力的过程中，结果尚在未知。假如到了黔驴技穷的那一天，就听妈妈的话，干别的去。

当下一排海浪席卷过来，在沙滩上拍打出另一个永不重复的符号时，我正告自己：记住北戴河的这个夏天，记住自己许下的这个决心。

平安扣

女友送我一只翡翠平安扣，红丝绳系着。它碧绿地沉重地坠在我胸口，澄清中透出云雾状的“棉”，水色迷蒙。扣的正心有一个完整的孔，仿佛一支竹箫横断。清冽的空气在扣中穿行，染出一缕青黛。

我问，真的吗？

友人说，什么啊？

我说，翡翠呀！

友人说，美的你！这么大一块上乘翡翠，价值连城，把我的身家都卖了，也送你不起的。当然是假的了，经过化学处理的石头而已。

我把平安扣摘下来说，既是假的，那还有什么意思呢？我看这平安扣，倒是很像一枚铜钱的。

朋友抚摸着平安扣说，它和铜钱，实在是大不同。铜钱外圆内方，上书“××通宝”的字样，内芯尖锐刻板，实为锱铢必较之相。平安扣不着一字，外围是圆的，象征着辽阔天地混沌无限；内圈也是圆的，祈愿着我们内心的平宁安远。在它微小的空间里，蕴含了整个壮丽的大自然。它昭示着当你的心与天地一致，便有了伟大的包容和协调，锁定了你的平安。

我叹了一口气说，讲得虽好，但世事维艰，我们脆弱的心，在历经沧桑之后，怎样才能清风朗月圆润如初?

友人陪着我叹气说，是啊！没人能承诺我们一生永远晴天，没人能预知草莽中潜藏毒蛇猛兽，没人能勾勒出命运的风刀霜剑，没人能掐算出何时将至大限……从这个意义上讲，纵用尽天下翡翠，打凿出如泰山那般的一枚巨大平安扣，悬挂在星辰间，也是没有丝毫用的。然而，外界虽不能把握，内心却可以调适。任你弱水三千，我自谈笑风生，谁又能奈何我们呢？你我也许不知道，命运将在哪一个急转弯处踉跄跌倒，但我们确知，即使匍匐在地，也依然强韧地准备着爬起……

我把石头雕成的平安扣，重又挂在颈上。友人说，送你的翡翠是假，平安的祝福是真。每个人，都是自己的平安扣啊！

喜欢文学，比较地不容易犯罪

一天，同日本笔会会长尾崎秀树先生一行聚会，席间谈到日本东京地铁的惨案，以及奥姆真理教杀戮无辜的凶残。刚开始时还有些顾虑，不知日本作家会不会“家丑不可外扬”，没想到他们十分健谈，从奥姆真理教预言世界末日的到来，到他们试验化学武器细菌武器，侃侃而论……

说话间，议论到奥姆真理教的组织成分，日本作家介绍说，教派内的高级领导干部，全都是毕业于日本各名牌大学理工科的高才生，个个成绩优异智商超群，是专业领域里的才俊。

他们特别指出，在真理教的高干里，没有一个是学习人文科学的学生。他们笑着说：爱好文学的人，是比较不容易犯罪的。

为什么呢？大家都很感兴趣，于是一致探讨起来。回家后，我又想了许久。

现代的科学技术越来越发达，但它们相对于人来讲，永远是身外之物。人类已经把自己的吃穿住行打点得越来越精致，把外在的条件整治得越来越舒适了。但是心灵呢？这灵长中的灵长，却在越来越辉煌的物质文明中萎缩，淹没在闪烁的霓虹灯下，迷失在情感的沙漠里。

搞文学的人，要学习历史和哲学，头脑比较清醒。当一种潮流像潮水一般涌来的时候，他们会在一个更广阔的时空中思索，想得更多更深一些，面对着迷惘的世界，多问几个为什么，可能会少一点儿盲从。

而搞理工的人，假若过于沉迷于具体的专业领域，随着现代科学分工的越来越细，“小切口，深力度”的科学研究，使某些人“一叶障目，不见泰山”，对其他领域的了解冷淡以至麻木，对整个人类的未来漠不关心，成为精神的残疾儿。

爱好文学的人，相对多一些宣泄情感的渠道，比如可以在阅读名著中获得精神的净化，在欣赏作品中体验高尚的情感，在写作中倾诉对人生的感悟，在运用语言的过程中感到创造的喜悦。

搞理工的人，更多的是接触一个冰冷的物质世界。个别人很容易陷入对物质的崇拜，以为物质是整个世界的主宰。如果他一味沉迷于某种单纯的研究，而失去了对整个人类的爱心，他所掌握的技术越尖端，对人类的危害就越大。在自然科学家里，从来就不乏为魔鬼铸剑的人。麻原彰晃一伙儿，不正是利用手中掌握的高科技，研制置人类于末日的毒剂吗？

手头没有精确的统计资料，无法比较学文科和学理科的犯罪率，是否真有显著的差别，也许奥姆真理教是一个例外。但这个血淋淋的团伙提醒了无数善良的人，在我们的科技高度发展以后，善与恶的斗争仍然同以往一样峥嵘。每一个有良知的人，都要关怀人类的前景，呵护美好的心灵，绝不能单纯地以为只要有了科学，明天就一定光明。

购买一个希望

那年在国外，看到一个穷苦老人在购买彩票。他走到彩票售卖点，还未来得及说话，工作人员就手脚麻利地在电脑上为他选出了一组数字，然后把凭证交给他。他好像无家可归，没有什么固定的目标要赶赴，买完彩票，就在一旁呆呆站着。我正好空闲，便和他聊起来。

我问，你为什么不亲自选一组数字呢？

他说，是我自己选的。我总在这里买彩票，工作人员知道我要哪一组数字。只要看到我走近，就会为我敲出来。

我说，那你每次选的数字都是一样的喽？

他说，是的，是一样的。我已经以同样的数字买了整整40年彩票了。每周一次，购买一个希望。

我心中快速计算着，一年就算52个星期，四五二十，二五一十……然后再乘以每注彩票的花费……天！我问道，你中过吗？

他突然变得忸怩起来，喃喃地说，没中过。有一次，大奖和我选的数字只差一个。

我说，那以后，你还选这组数字吗？

他很坚定地说，选。

我说，我是个外行，说错了你别见怪。依我猜，以后重新出现这组数字的概率是极低的，更别说还得有一个数字改成符合你的要求。

他说，你说得对，是这样的。

我就愣了。他衣衫褴褛面容憔悴。买彩票的钱虽然不多，但周复一周地买着，粒米成箩，也积成了不算太小的数目。用这些钱，为什么不给自己买一身蔽寒的衣服，吃一顿饱饭呢？再说，固执地重复同一组数字，绝不更改，实在也非明智之举。

我不忍伤他心，又不知说什么好，只有久久地沉默了。过了一会儿，他主动开口说，你一定很想知道那是一组什么样的数字吧？

我点头说，是啊。

他有些害羞地说，那是我初恋女友的生辰数字。每周我下注的时候，都会想起她，心中就暖和起来。

我说，那到了开奖的时候，你知道自己没中，会不会心中寒冷？

他笑了，牙齿在霓虹灯下像糖衣药片一样变幻着色彩。他说，不会。我马上又买新的一轮彩票，希望就又长出来了。我很穷，属于穷人的希望是很有限的。用这么少的钱，就能买到一个礼拜的快乐，这种机会，在这个世界上，实在是不多。更不用说，那个数字还寄托着我的回忆。如果我选的这组数字中了大奖，她一定会注意到的，因为那是她的生辰啊。紧接着她会好奇是谁得了这份奖金，于是就能看到我的名字。她立刻就明白我这一辈子没有忘记她，而且我有了这么多的钱，她也许会来找我……

老人说完，就转过身，缓缓地走了。

后来，我把这个真实的故事讲给很多人听。每个人听完后都会长久地沉默，然后说，真盼望他中奖啊！

我注视我自己的头颅

一次生病，医生让照一张头颅的CT片子。于是我得到了一张清晰准确的自己头骨的照片。

我注视着它，它也从幽深而细腻的灰黑色胶片颗粒中注视着我，很严峻的样子。

头颅有令我陌生的轮廓。卸去了头发，撕脱了肌肤，剔除了所有的柔软之物，颅骨干净得像刚从海中捞出来的贝壳。

突然感觉到很熟识，仿佛见过似的……不久以前……我记起了博物馆，那里有新出土的类人猿头骨化石。

夹进了几十万年进化的果子酱，颅骨还是像两块饼干似的相似。

造化可真是一位慢性子。

假如我的头骨片落到一位人类学家手里，便可以十分精确地分析出我的性别、年龄、体重、身高……它携带着我的密码信息，脱离我而孤零零地存在着。医生读着它，却做出我是否健康的结论，它似乎比我还重要。

我细细端详它，仿佛在鉴赏一件工艺品。实在说，这个物件是很精致的。斗拱飞檐，玲珑剔透，为人体骨髓中最精彩的片段。不知多少稻麦菽粟的精华，才将它一层层堆砌而起；不知多少飞禽走兽的真髓，才将它润泽得玉石般光滑。阳光中的紫色，馈赠它岩石般的坚硬；和煦的春风，打磨它流畅的曲线。我感叹大自然的精雕细琢，用山川日月、金木水火、天上地下、风云雨雪的物质魂灵，挑选着，拼凑着，混合着，搅拌着，一轮又一轮地循环……终于在许多偶然与必然的齿轮磨合中，缝缀镶嵌起了无数颗头颅，其中一颗属于了我。

假如我最终不是化为一股热烟，这头颅该是最难融入泥土的部分。它会睁着空空洞洞的眼眶，凝视着一碧如洗的长天；它会耸动并不存在的鼻翼，吮吸依然存在的花香；它会让风从贯穿的耳道中，像特快列车那样呼啸而过；它会半张着惊愕的颌骨，依旧对这个星球上发生的许许多多的事情表示讶异……

我不由得伸手弹弹自己乱发覆盖下的头骨，它发出粗陶罐的响声。这是一个半空的容器，盛着水、细胞和像流星一样游走的念头。念头带着阴电和阳电，焊接时就散发出五颜六色的蛛丝，缠绕在一起，像电线似的发布命令，驱使我具有各式各样的举动。正是这些蝌蚪一样活泼的念头，才使我写下了以上的文字。

罐子里的水会酸腐，那些细胞会萎缩，但文字是不会生锈不会腐烂的，它们比有生命的物体更有生命。它们把念头们凝固下来，像把混浊的豆浆压榨为平滑的固体。人人都拥有的文字，经过特定的组合，就属于了我。组合的顺序就是一种思索。

我望着我的头颅，因为它是思索的宫殿，我不得不尊重它。它却不望着我，透过我，它凝望着遥远的人所不知的地方。它比我久远，它以它的久远傲视我今天的存在。但我比它活跃，活跃是生命存在最显著的标志之一。

但和文字比起来，无论现在的活跃或者将来的久远，都黯然失色。

骨骼算什么呢？甲骨文不正是因为有了文，才神圣起来，否则不过是一块烤焦的兽骨！

文字是先人们留给我们的符咒，使我们得以知道一只只水罐曾经储存过怎样的五彩念头。罐子碎了，水流空了，但一代又一代最优秀的念头组合却像通电的钨丝一样，在智慧的夜空勾勒着永不熄灭的痕迹。

我注视着我的头颅，递给它一个轻轻的微笑：我们都有完全不复存在的那一天。那时候，证明你我曾经存在过的证据，到哪里去寻找？

制造念头吧！那些美丽的像鸟一样在空中飞翔的念头，假如它们真的充满睿智，假如它们真能穿越时代的雾海，它们的羽毛就会被喜爱它们的人所保存。

那个发明CT的人真聪明，它使活着的人看到一个骷髅，想到许多以后的事情。

溪水金砂

人的天性如溪水，学习的本能就是金砂。它们潜伏在水中，浪花翻溅时一眼看不到它的颗粒，但因了它们的存在，水变得更有分量和价值了。

我相信那些不含有金砂的小溪已经干涸，因为人类生存的环境曾经并且还将是刺骨险恶的，你一个人的经历是不丰富的，你同时代的借鉴是不全面的，你一个行业的规则是不完整的……如果不爱学习不善于学习不坚持学习的话，就会被层峦叠嶂的打击和灾变来征伐与掩埋，这个人的遗传基因就昙花一现地湮灭了。

所以，乐观地说，我们每个人都是那些爱学习的人的后代，唯有这项潜藏在血液中的专擅，令我们比所有的动物都更繁荣递进。

学习是有很多种方法的，比如抬头望天，你可以学到星空的叙事是多么无与伦比的宏大，滋生出的渺小和畏惧感让你一生警醒谦逊；比如低头俯地，你可以窥到万物葱茏物竞天择优胜劣汰残酷公平，焕发出的紧迫和危机感让你不敢有一刻懈怠放松；比如听妈妈讲那过去的事情，你会生出无限的柔情，不但绕指更是绕心；比如看风光大片科幻影像，你会惊骇莫名，有一种充满未知的狂喜和震撼……

然而，我以为最好的学习还是阅读。

首先，我们要感谢文字。因为有了文字，我们的情感血脉才有了附丽的骨骼，我们的理论枝蔓才有了攀缘的篱笆，我们的科技成果才有了传袭的衣钵，我们的历史才有了一面面古镜矗立照耀。

时代在进步，从布帛竹简到计算机液晶屏，书写变得越来越快，阅读变得越来越方便了。记得我小时候，看一本长篇小说要个把星期，那还算快的呢！借书给朋友，不过百八十页，半个月后要她还，她说，这才几天啊你就催，我还没看完呢，小气呀小气！

读书，一种是技艺之书，讲的是各行各业的特殊规则；还有一种是普遍的知识，比如文史哲。读行业之书的人多，读普遍法则的人少。有一年我到国内著名的一所医科大学授课，我说你们这些未来中国最杰出的医生，有谁读过《红字》？有谁读过《罪与罚》？请举手。台下抬臂者寥寥。在感谢了这些博士生的诚实之后，我深表遗憾。一个医生，除了读医书以外，也要读艺术之书。因为你面对的不是一个装满了病痛脓血的破罐子，而是一个活色生香的人。生死契阔啊，他们在最悲苦无助的时候和你狭路相逢，你要医治他，不仅仅是凭着你的精湛医术，而且要凭着你强大的人格和综合的力量。如果你想当一个名医而非庸医，请在读医书的同时，也展读人文科学方面的书籍。提高了你的素养，是你的福气，是你爹妈妻子丈夫孩子的福气，同时也造福了你的病患。

我相信，一个读过很多专业以外书籍的建筑师，盖出的楼房一定更漂亮和更实用；我相信，一个读过很多专业以外书籍的学者，授课传业的时候，一定更风趣更幽默更能旁征博引口吐莲花；我相信，一个读过很多专业以外书籍的科学家，提出的设想和理论，一定更曲径通幽独树一帜；我相信，一个读过很多专业以外书籍的管理者，他的企业一定更具活力和创新精神。

我们曾经有过阅读备感艰难的时代。高玉宝的“我要读书”就是明证。那时候的无法阅读，是因为贫困和压迫。后来又有过对知识的蔑视，阅读也被视为了通向反动的阶梯。我上初中一年级的时候，正逢“文化大革命”。学校停课闹革命，图书馆也关闭了，任何人不得进入。得知可以不再读书的第一天，心情像焰火一样蓬松绚烂。但日子一天天驰去，牙口徒长，知识却永远停留在13岁的水平，那种渐进式的痛楚，巨蚕噬桑般把意志镂空。后来，图书馆开了一道小小的门缝，说是可以借阅“毒草”了，代价是你看完一本之后，要交出一篇大批判文章。还书的时候，批判稿需一并附上，如果审查合格，就可以继续借阅；如果你敷衍了事或者干脆交不出批判文章，便永久取消你的借阅资格。

大家蜂拥去借书。但几轮之下，就门可罗雀了。规则严苛，审查文稿者声色俱厉，拥有借阅资格的人越来越少。我面临着一个悖论。我喜爱“毒草”的芬芳，可我不得不批判它们。为了能继续阅读，只有口是心非。记得我曾面对苍穹向大师们祷告，说你们既然能创造出那么多心境复杂的人物，一定也能体谅一个中国女孩此时的难处，为了能亲近你们，就原谅我说你们的一点点坏话吧，请不要生气……

现如今，很多人不再贫穷，也没有人压制阅读，可时间成了瓶颈，很多人苦恼的是总也找不到空闲来阅读。

那是因为有太多的诱惑。

阅读是没有香氛的，于是抵不过餐桌的美味；阅读是孤独的，于是没有觥筹交错的热闹；阅读是伴有思考和停顿的，于是没有游戏般的顺畅和惬意；阅读甚至是充满碰撞和痛楚的，因为有忏悔的顾盼和掘进的深入。

但是，优秀的阅读是有力量的，因为在阅读的时候，你不是一个人，而是和古今中外的先驱者们并行。

年龄的颜色

如果在词语上涂抹颜色，把红色比作褒奖，把黑色比作贬斥，婴儿的诞生就是一枚艳丽的圣女果铿锵落下，年龄调色盘就此开始旋转。

幼儿无疑是樱红色的，皮肤水嫩吹弹得破，胎毛柔软双眸晶亮，对成年人的依偎更使长辈人在辛苦的同时，感到被信任的幸福和施与哺育的责任。

当一个幼儿长成少年，他们开始反叛和桀骜不驯，但眼光依然秋水般明澈，恣肆汪洋之下依然是可爱的探索和希冀。

如果说到青年人的颜色，我想是金红色的吧？不仅仅是红，而且有了逼人的光芒和灼热的火焰，有炫目和烘烤之感。

对于中年人……注意，当我们说到这个词的时候，会不由自主地把音速放缓，深深地吸进一口气。我们会感到平稳和力量，会感到深厚的功力和外柔内刚的主动。用颜色打比方，此时的他们是沉静而内敛的枣红色，有了一点点不易察觉的黑色潜藏其中，恰到好处，让红有了滑利的平台和根脉的偾张。

随着年龄的增长，调色盘中的红色悄悄地隐没，黑色如荒草蔓延滋生。他们颊上的光润，无可挽回地凋落了，血脉开始干涸。雪白的牙齿无论怎样保护，已出现松动和脱失。漆黑的须发无论怎样濡养，却也躲不过秋霜的点染。矫健的双腿注入了滞涩的尘锈，锐利的双眸需要借助镜片的帮忙才能看清书本……他们无可逆转地进入了老年，沉暗的黑幕跳着优雅的华尔兹，温和地、不动声色地蚕食着红色的舞台，旋转着将你带到遥远的天际，那里有星星点点的光芒、如银的残月和无边的静夜……

这不是一个悲观的预测，而是一个透明的事实。如果让我更赤裸裸地说出真实，那就是这个规律对于女人来讲，更坚定和不容商榷。如晦的黑色会更早地出现，娇嫩的红色会更快地淡隐。什么美容整容化妆术，都遮盖不了本质的嬗变。当绯红退潮酱黑涌入的时候，有一个专用名词，这就是“更年期”。我觉得这个名词起得挺妙——变更年龄的时期。追本溯源，什么年龄变更了呢？是一个女人从生殖的年龄变到丧失了这种功能的年龄。

这在远古，一定是一个令女子非常可怕的改变。对于种族和家系的繁衍，她已归零。生产力低下的时代，繁殖的本能，是女性赖以生存的极为重要的资源。更不消说，由于激素的变化，她的身体内部出现了一系列陌生的信号，令她震惊和不适。她有可能暴躁和哭泣，会面部潮红情绪波动，会丧失部分劳动能力，甚至难以与人和谐相处……凡此种种，现代科学将之冷静地归纳在一起，打了一个大大的文件包，名曰“更年期综合征”。

更年期综合征是一组症状，在已知的疾病里面，它既不是最难治的，也不是最严重的。不像“非典”或“禽流感”，它不传染。所有不曾早夭的女人差不多都会被它淋湿一遭。在某种程度上说，症状如不剧烈，它几乎不能算是一种病，只能说是一个生理阶段，有一种广义上的必然。据现代科学研究，男性也会有“更年期”，体内的荷尔蒙也会衰减。他们也同样难逃生殖机能从衰减趋向沉默的恢恢法网。

有趣的是，你可以观察，大多数人，尤其是年轻人，在谈起“更年期”的时候，嘴都会不由自主地撇一下，以表达不屑和厌恶。或者说，当他们具体针对某个人的时候，由于关系的紧密和礼节的顾忌，这种情感还比较收敛的话，当这个名称抽象起来，成为单纯的标签时，这种轻漠和鄙弃将表达得十分充分和无所顾忌。

年龄上的傲慢，是进化中的化石。现代科技与文明，已经大大地延续了人类的年龄，但那些来自远古的律令，依然盘踞在我们意识的岩缝里。

在动物世界里，过了盛年的个体，就滑到了边缘，逼近了死亡。某些物种，完成繁殖之后，几乎立刻结束了生命，把尸身盛在盘子里变作后代的佳肴。人是一个例外，这个例外由于科技的助力，变得更加突出了。但我们在意识层面之下对于古老法则的延展，却还是根深蒂固的。

有人说，提出了问题就等于解决了一半。在年龄歧视这方面，我可不乐观。提出问题不是解决了一半，仅仅是觉察而已。

抵制跳窗

上网时间久了，最烦那个东西——跳窗。

早年的跳窗很简单：打开网页时忽然会跳出来个小窗口。这窗口不同于普通的浏览窗口，多半没有菜单栏。内容五花八门，从卖药到卖电视再到网上赌钱。有时候想关掉它，不小心就会点错。然后就会再出跳窗，不停地跳出十几二十几个来，好像妖孽。去请教专家，专家告诉我：中毒了，杀毒吧！

于是只好愁眉苦脸地想办法。跳窗强韧而顽固，三番五次杀不掉，只好重装。

后来跳窗越做越先进，也开始逐渐向两极发展。良性的跳窗，常是国内正规厂商的广告。先放出一张极大的广告图，然后慢慢消失。恶性的跳窗，则关不掉又杀不死，还常常做出一个假的小叉子，或是“关闭”二字。每当你企图关闭时，就会跳到垃圾网站上。

跳窗于是成了最不受欢迎的不速之客。朋友劝我想开点儿：跳窗也是网站生存的手段，人家白给你看了资料，奉送两个广告，你就不乐意了？

关键不在于它跳了怎样的跳窗，也不在于跳窗和看到的内容之间是否存在性价比的问题，实际上症结在于——有人不敲门就进了你的家，你觉得自己被冒犯了。

是的，就是被冒犯。就像自己家里做好饭款待朋友，不声不响地来了蒙面人，朝你的饭锅里吐口水。

随着技术的发展，这个强盗和以前相比，衣服更花了，笑容更诡秘了。有的时候，他会坐坐然后起身告辞；有的时候就干脆赖着不走。不管怎么变，不速之客的味道却始终没变。

朋友又劝我：人家在网上做广告，和电视广告没区别啊。你能容忍电视剧插播广告，怎么就不能在上网时顺便扫眼跳窗呢？说不定那刚好就是你想买的东西，或是你关注的新闻啊？

记得以前北京市曾经大力打击过一阵子登门卖菜刀的。当你才打开一道门缝时，一把闪着寒光的菜刀就横在你面前。然后一张长满络腮胡子的脸紧跟着露出来，说，买把菜刀吧！

说不定主妇刚好想买把新刀，也说不定小贩的刀真能斩铁如泥，但这都不是登门卖刀的理由。跳窗也如此。内容的好坏，并不决定它固有的性质。我不是杨志，跳窗却是牛二。

那天去朋友家，他家养了一只小猫，才一个月大，毛茸茸的，甚是可爱。据说这个时候的小猫看不清东西，它只会常常转动着蒙眬的大眼睛，打量这个世界。

在猫旁边，有个纸叠的手工青蛙。出于好奇，我按了它一下，青蛙立刻高高地跳起来。

小猫立刻被这个活蹦乱跳的新玩具所吸引，东扑西追玩得不亦乐乎。朋友笑说：小猫就喜欢这种跳来跳去的东西。在它眼里，不断变化的东西，最具吸引力。

其实，不单是猫，人也同理。当先祖们扎着草裙捕猎时，他必须时刻谨慎，关注任何风吹草动，稍有疏忽，可能就会因此而丧命。那蹦跳着出现在路上的东西，通常是危险与机会并存。有可能是树上掉落的果子，也有可能是一只马上要发起攻击的猛兽。不论哪种，埋藏在我们身体内部的基因都在对我们声嘶力竭地呼喊：注意啊，前面有情况!

虽然现在几乎不可能在路上出现猛兽，但是习惯成自然，人们仍然会对那些跳跃闪烁的东西投注高度的注意力。婴儿饿了的时候，会大喊大叫挥动手臂，以此来吸引父母的关爱。红绿灯变灯之前也会闪烁，警示司机和行人留心。就连梁山好汉聚众喝酒的小馆，也在门外竖个“三碗不过冈”的酒幌，让它随着清风摇摆，招徕眼球。

跳窗得此真传，它活泼地蹦跳着闯进我们的生活，尽管缄默不语，却用夸张的动作向我们呼喊：注意！看我呀！快来看我呀！

它狡猾地利用了人们的潜意识。

潜意识之所以称为“潜”，就在于它不为人们的意识所察觉。尽管跳窗给大家常常造成不便，可每当看到那些花花绿绿不停闪动跳跃的东西时，人们的眼光还是会被它们所吸引。细究起来，跳窗的“魅力”也正在于此：它用一种看似更客气，其实更霸道的手段，深入我们的生活。

听说现在出了新型浏览器，可以从技术上控制跳窗。但跳窗真的是技术能控制的么？隐藏在我们基因中的对于活动者的优先关切，滋养着跳窗的勃勃生命力。抵制跳窗，不容易啊！

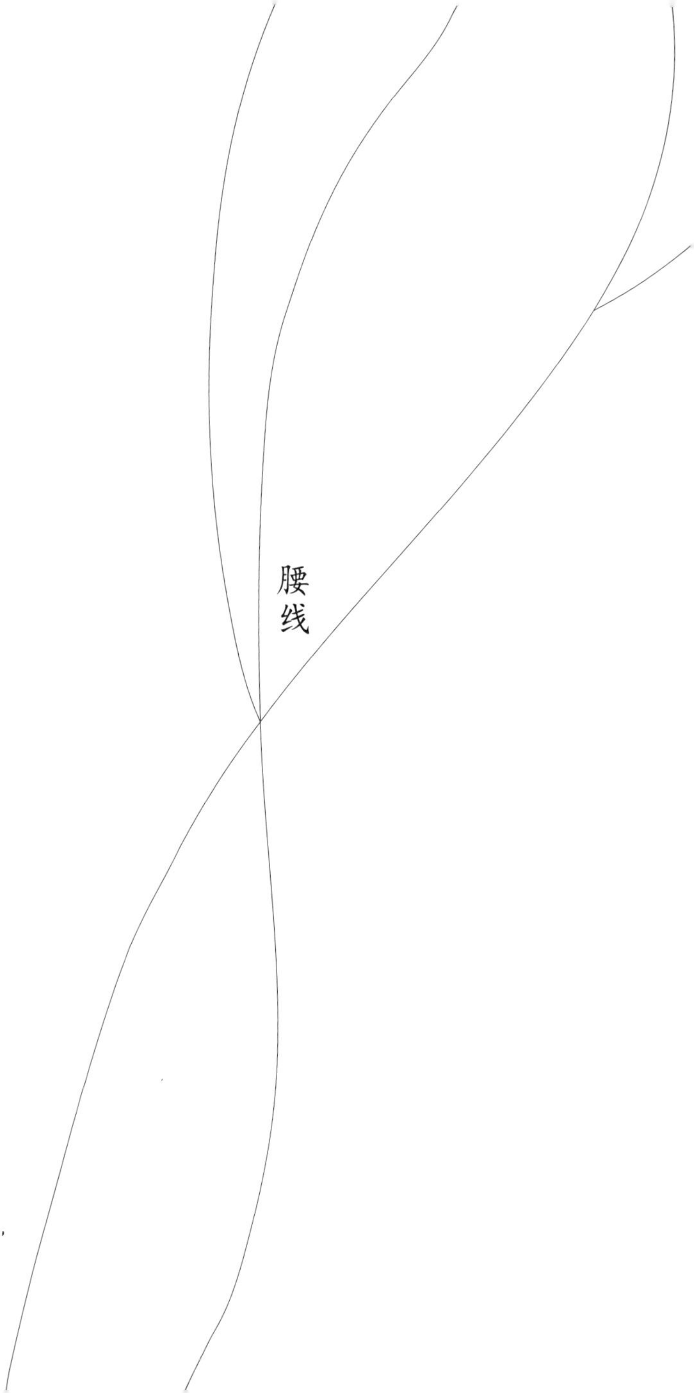
腰线

早年的卫生间只在壁上刷点儿白灰，像个从溪流里站起来的裸孩，斜披着毛巾；如今的房子，厨卫是重点，你再不讲究，也要贴上瓷砖才能说得过去。

到建材市场挑选瓷砖，成了装修的必修课。砖铺像丝绸店，满眼花色闪闪烁烁，不知该挑哪一种好。顾图案更要看价钱，很快你就发现，精美瓷砖的选择是没有止境的，但钱包是有大小的。到了最后，演变成先看价钱再定花色，流程进入量体裁衣看米下锅的局面。为了选瓷砖，我和丈夫甚至破了不当着外人争执的约定，不止一次吵得面红耳赤。一旁的店员漠然立着，连点儿好奇的神色都不屑流露，想来因瓷砖而起的硝烟，她已见怪不怪了。

关于购买何种瓷砖，好不容易统一了意见，分歧又接连地出现了。要不要花砖？要不要腰线？

花砖是成套瓷砖的点睛之笔。瓷砖是淡绿调子的，花砖可能就是一丛披头散发的翠竹；瓷砖是棕黄调子的，如果是厨用，花砖上就有深驼色的咖啡杯盏，有袅袅的白气升起；如果是卫浴用，可能绘有几间木屋一丛野花，或许还有蜜蜂……有款砖叫作“海洋之心”，花砖镶着大朵的蔚蓝色椭圆形玻璃，假扮那块长眠在深海之下的无价钻石。

更讲究的花砖像是一部有头有尾的小说。一款叫作“爱情鸟”的瓷砖，花砖就有几种格局。一块是两只水鸟相依为命，耳鬓厮磨的。这好理解，新婚燕尔啊。再一块就是三只鸟左顾右盼的。这多出来的鸟，可不是什么非法闯入者，而是大鸟们辛辛苦苦孵出的小鸟。不知这两幅是不是全本，依此类推下去，还可演变出多款情节。比如三只鸟展翅飞翔，比如四只鸟组成团队……

花砖之外，还有腰线。腰线并不像它的名字那样谦逊，它不是一条简单的线，而是由很多块精巧的长方形瓷砖连接而成的瓷砖带，缠绕在整壁瓷砖的中段。

腰线是缩小了的花砖，有图案，甚至也有情节。比如上面说到的“爱情鸟”，腰线就是一只小鸟破壳而出，茸茸的羽毛和残缺的蛋壳，把爱情和繁衍拴在了一起。

腰线不便宜。瓷砖和瓷碗该是近邻吧？瓷碗是有曲线的，瓷砖却是完全不曾发育的平板，但一块腰线比一个普通的饭碗要值钱很多。腰线是很团结的，你不可能只贴一块，它们有着一荣皆荣一损俱损的气节。围着墙手拉手形成包围圈，统算下来，会吓得你的钱包一抖。若不镶，就一块都不能上，瓷砖的拼缝才能妥当。饭碗是生活的必需，而腰线则是锦上添花可有可无的，带着些许孤芳自赏的奢侈。

母亲的新房子，割舍了所有的腰线。按说这点儿钱还是有的，但母亲坚决不肯，说有没有腰线是一样的，不花这个冤枉钱。

然而，有没有腰线是不一样的。就像上面说的“爱情鸟”，省去了雏鸟啄破蛋壳的那一幕，花砖上的两只鸟很突兀地变成了三只鸟，常常叫人疑心那小鸟的来历，甚至误会这是另外的一家人了。“海洋之心”的腰线是一圈蓝白相间的小“钻石”，仿佛一挂悬垂的珠链。取消之后，墙壁上半截的莹白和下半截的蔚蓝，生硬地焊接在一起，丧失了柔和的过渡。孤零零的“巨钻”没来由地在白瓷板中闪烁，像一只莫名其妙的怪眼。

我觉得自己对不起母亲的新居，推而广之也对不起腰线。终于有一天，得了补偿的机会。我路过一家店铺，看到大肆甩卖腰线。腰线的图案是很耀眼的玫瑰花蕾，夹杂着点点的金红，绮丽而烂漫。我不假思索地买了很多腰线，辛辛苦苦地搬回家，才面对一个严峻的问题——这些腰线嵌在哪里？

腰线是美丽的，但许多腰线聚集在一起，除了让人眼花缭乱之外，就是安置它们的焦灼了。如同皮带是用最好的牛皮制造的，但你面对一堆皮带时，既不能把它们缝制成皮氅，也不能敲打成皮鞋。

失去了烘托和陪衬的腰线，也丧失了精彩和雅致，剩下的是纷乱和拥挤。楼梯下有一间楔形的小房子，别家把它改造成了狗舍，我家堆积着杂物。早先一直是水泥满地，如今我把腰线密集地砌在那里，闪闪花蕾只好在尘埃之下皱缩。

看到过一条关于人才的定律，说全由极高智商的人组成的团队，其效率和智慧却并非最高，反倒不如人才的阶梯状组合，能发挥出最好的效力。仿佛腰线，顾名思义，只能是一面素墙美丽的统帅，而不能铺陈得漫山遍野。

台灯

忘了那是哪一年，我还在一家工厂做医生。单位发下一张表，说是要填家中都有什么大件的享用品，比如冰箱、电视机什么的，似乎要做一个统计，以证明人民的生活水平有了很大的提高。我一项项如实填来，在电视机的后面打了个钩，在电冰箱后面打了个叉。突然见了一项——“台灯”。

看我愣在那里，一旁的人说，啊呀，你连自己家里有没有台灯都忘了吗？我忙分辩道，不是记性不好，是想不通台灯也能算大件？它个头不大，费电也不多，买下来也不贵，为什么要把它隆重地列在这里呢？

那个人不能回答，就把话题岔开了。我当时的职业是工厂卫生所的内科大夫，几天之后，负责统计这表的干事正好来看病，我顺便把疑问提出。那干事一把鼻涕一把泪（他患重感冒）地说，台灯本身当然算不上大件，可你没书桌，会要台灯吗？家里场地若不是足够大，一盏灯足够，还用买台灯照亮吗？要是吃了上顿没下顿，你有闲情逸致置办台灯吗？

他的反问和他的咳嗽一齐抵达我的耳鼓，从此我铭记了台灯的意义。

我家最早的台灯有一圈绿色的纱罩，光好像是从蜻蜓翅膀的背后发出来的。“文革”了，纱罩朽了。街上根本无台灯出售，只有“臭老九”才读书，他们都被批判了。用电影胶片重新编了一个罩子，扣在灯泡之上。早先洁净的柔绿被污浊替代，光柱透过影片中正反面人物的身体，坠成了斑斓而芜杂的斑。

后来到了西藏，每晚在短暂的柴油机发电之后，就靠油灯和蜡烛度过长夜。油灯和蜡烛是不能叫台灯的，虽然那时我有了一张大大的工作台。山风呼啸，烛焰如同和风厮打的小人，谄媚地躲向一边，而那一边正巧有我读书的歪头，空气中就散出了牛奶泼洒到炉火上的呛人气味。我用手一捋，焦煳的短发簌簌落满书页，像黄而蜷曲的群蚁。那一日悻悻回到宿舍，夜已经很深了，四下漆黑，突然看到一位女伴的被子里透出明亮的灯光。以为是手电的光柱，却不想我洗漱一净后，那光芒仍然没有丝毫衰减的趋势（那时的电池不过关，雪亮的灯柱只能维持很短的时间），不禁就生了疑，“呼”的一下将那女兵的被子挑开，嬉笑道，干什么呢？这样用功？

被子里有大团梨黄色的毛线和金属的长针，原来那女孩在为心上人织毛衣，正挑灯夜战呢。我还小，不关心毛衣，只关心照明的工具。一堆硕大的干电池，如同董存瑞赴死时的炸药包，整整齐齐地绑在一起，一枚小小的灯泡翘然而立，好似出水的荷莲，吐着稳定而金黄的光蕊。

我嫉妒得眼睛出血，问，这样的好东西，你怎么得来的？女友小声说，这是通讯站的战备干电池，我给他织毛衣，他给我配备的。

我用被子把她和他的毛衣一股脑儿兜上，揉着烧焦的碎发回到自己的铺位，睡眼蒙眬地考虑了一番。为了我的工作台上也能有一盏金光四射的台灯，我是否也找一个通讯站的男人，为他织一件毛衣？要找就找个小个子的，那样会织得快一些……记得在即将进入梦乡的那一瞬，我做出了决定，宁可黑暗下去，也不用毛衣针换光亮。

女友阿媚送我的结婚礼物是一盏台灯，那时我和先生分属不同的部队，没有一寸屋檐。我说，阿媚，你让我把你的礼物放在哪里？阿媚说，现在放在哪里都可以，只要最后它坐上你的书桌。

阿媚的台灯之后，我又用坏了很多台灯。早先买台灯的时候，最注重的是样式，内里的灯泡只要是亮的，就没什么可选的了。随着年岁的增长，看物看事，都朴素和实用起来。对台灯的外表已放淡了许多，犹如看一个人。年轻的时候，容貌在印象分里所占的比重很大。人老眼花之后，对灯的要求就格外挑剔而苛刻。灯罩的大小、灯臂的角度、灯泡的温度和色差……对一盏台灯来说，都如同人的内在气质，有更精彩的含义。

一盏要给写字人当伴侣的台灯，是要做好精神准备的。它会很辛苦，常常亮到深夜，有时还需直抵黎明。当它发出光芒的时候，使用者只看到被它的光芒所照射的那些文字和文字所栖息的一张张纸，却无暇注意台灯本身的样式和花纹。

鞋带儿

鞋可以分成两大类，有带儿的和没带儿的鞋。没带儿的鞋，穿起来方便，可跑不快。有带儿的鞋，穿起来费事，要弯下腰来系鞋带儿。可鞋带儿能把鞋和脚紧紧地固定在一块儿，好像焊锡的作用。人穿着系了鞋带儿的鞋，走路办事就利索多了。那平添的机敏与速度，就蕴含在小小的鞋带儿里面。

我小的时候不怕黑，不怕大的声响。最恐惧的一件事，就是系鞋带儿。那是上全托的幼儿园，刚开始是老师给系鞋带儿。我觉得这是世上最精巧的活儿，大人们的手指像变魔术似的，三缠两绕，就打出一个黑蜘蛛的结。老师一边打结一边说，叫你们的家长甭买带带儿的鞋，怎么又买来了？一副很劳累的样子。于是我认定系鞋带儿是个苦活儿。

我决定自己学着系鞋带儿。我费了很长时间打那个神秘的结。我先是把它拆开，这是很容易的一件事。但拆开之后完全不知道怎样再扭结到一块儿。我第一次明白了破坏一件东西是很简单的，要恢复它就复杂多了。要想靠毁坏某物来学会建造它，实在是很危险很艰难的事。不是不可以一试，是机会只有一次。

只好再去找老师，她嘟囔了一句，一个女孩子还这么淘气，把鞋带儿都蹬开了，然后就飞快地打那个宝贵的结儿。我目不转睛地看着她粗大的手指像掏耳朵似的比画了两下，那两根原本孤立的小黑蛇就死死地黏在一起了。

我觉得我记住了那个过程。我勇敢地第二次拆开了那个结。我费了很长的时间练习，蹲在地上，直到头晕眼花。我用老师的打法，却打不成同样的结。只好试验其他新奇的打结法，结果要么完全不是一个结，鞋带始终是两根互不相干的面条；要么就是它们凝结得太紧密，像个破不出的谜语。面对死结，我用牙齿去咬。鞋带儿的滋味是微咸的，好像含着话梅。

我很想把自己的过失永远地掩盖过去。可是不行，午睡的时候我脱不下鞋，上不了床，只有带着死结去见老师。她粗暴地说：“你怎么这么笨？连鞋带都不会解！”

我至今不明白，为什么老师看不出我是在练习一件新本领的时候失败了，却认定我是在重复一个旧过程时的愚蠢？

她的确是费了很大劲儿才解开了死结。有一瞬，她气得几乎要用剪子剪断它们。那一刻，我好害怕而且伤心，我觉得我害了鞋带儿们。

我真正学会系鞋带儿，是在偶然看到老师给别的小朋友操作这一过程时，我恰好站在老师的背后，一切都那么清晰明朗。我不知道应该算是自己太笨还是老师考虑得不够周到：平日她给我们系鞋带儿，都是蹲在我们的对面，而要学会某项技艺，你必须和老师站在同一方向。

我终于打出一个惟妙惟肖的结，甚至比老师打的结还要紧，把脚背都勒疼了。我把脚跷得高高的，仿佛要把经过我面前的人都绊一个跟头。鞋带儿快乐地耸立着，等着人们发现这一惊人的事件。但是可惜得很，无论我怎样暗示，大家都不表示惊奇。我只有到老师那里去毛遂自荐，我想，就算别人都拿这件事不当回事，我的老师应该由衷地高兴。别的不说，起码她以后不用辛辛苦苦地为我系鞋带儿了。

老师看了我的鞋带儿一眼，又看了我一眼，说："你早就该会了。"

我立刻从成功之后的喜悦坠入冰河。我至今感谢我的这位老师，她使我极幼小的时候就懂得了，有时候你自以为十分辉煌的成就，在别人眼里是理所应当的平淡。

当我学会系鞋带儿以后，我就不再珍惜这个技巧了。系鞋带儿很要紧的一条是两个端头留得一样长。我渐渐地不再像初学那样将它们比画得如孪生兄弟，而是敷衍地一长一短随便绾两个结，任凭它们像断了一只翅膀的蝴蝶在我的鞋面上乱颤。

学会了偷工减料，我很高兴，但鞋带儿开始反击。那个冬天的风寒冷得如同冰糖葫芦上亮脆的薄片，把人的手割出细碎的血口。我刚上学，要走很远的路。未系牢的鞋带儿像风筝飘带儿挂在一块尖锐的石头上，那个大马趴摔得我脑浆至今还乱成一团。我懵懵懂懂爬起来，一时都不明白自己为什么要匍匐在这儿乘凉。好在那截鞋带儿并不忙着隐藏罪责，很招摇地在风中摆动着，让我刻骨铭心地记住了它的重要。

不管我多么仇视它，我还是乖乖地将它重新系牢。冷空气把我的指关节冻得同蜡烛一样硬。那个漫长的过程，让我刻骨铭心。

从此，我再不敢忽视系鞋带儿这一类的小事，你疏忽了它，它绝不会疏忽了你。你若不信，它就在你最扬扬得意的时候轻轻抖出一个花样，让你静静地躺在大地上清醒。

鞋带儿会断。断了的鞋带儿可以接起来，但接起来的鞋带儿就大不如从前了。首先是它不好使，接头会在每一个穿孔的部位疙瘩着不肯前进。再者是它不结实，会在你最需要登攀的时候訇然断裂，让你觉着似乎自己的脚在那一刹那突然脱落。

所以鞋带儿断了，我从不将就。别的都可以补，鞋带儿不可以补，赶快换新的。要赶路，结实最重要。

细细想，鞋带儿这个词挺妙。它是鞋子的带子，有了它，我就可以时刻把鞋带在身边。有的时候，我们跑得不快，只是因为我们没把鞋带儿系好。或许那原本就是一双没带儿的鞋。

有机无机冬瓜汤

到超市买肉。售货员乜了眼说，十几元一斤。我知道很多店都和国际接了轨，用公斤秤，赶忙把这钱数在心里除了二，觉得虽贵了些，还可忍受，就说，行啊，要这块。砍肉的小伙子很有经验，并不动手，说，一斤就是一斤，不是两斤。

我吓了一跳说，这么贵？

小伙子答，这是“有机”猪身上的肉。

我说，我要是不吃高级猪，只吃平常猪，哪里有卖？

小伙子拧着下巴说，那边有无机肉。

于是我知道了“有机”肉的反义词是无机肉，启蒙之下，一跺脚买了高贵和平凡的猪肉各一斤，回家后怀着花钱的痛心，乒乓一顿乱剁，搅成了两种不同身份的肉馅，又买来“有机”和无机的冬瓜各一块，前者的价钱是后者的十倍。最后用同样的锅和不同的水——矿泉水和自来水，氽成了两份冬瓜丸子汤。

那晚，我亲自掌勺，给家人不停地舀汤，并要大家仔细分辨有何不同。

家人大叫，如此猛灌，明早起来眼皮子都肿了。

我一脸神秘地说，喝出不同了吗？

大家说，第一碗淡点儿，第二碗咸点儿。

我说，这不算。那是搁盐的时候，手哆嗦了。大家说，有什么阴谋就直接亮相吧，叫汤撑得够戗，想赶快散步去。

我冷峻地宣告第一碗汤的造价是第二碗的三倍。大家连说不值。我说，一碗“有机”，一碗无机。你喝了无机汤，就有可能受到污染，激素、抗生素、化肥，还有铅、镉、汞、砷等等重金属蜂拥而上。你一天不觉得，一年不觉得，但十年几十年污染下去，你就会中毒，得癌症，基因受损遗传后代……

大家说，喝一碗“有机”汤并不难，难的是一直喝下去，一辈子喝下去。再说这“无机”和“有机”单凭舌头尝不出。如果有人硬把“无机”当“有机”，你有什么法子？再说，汤可以“有机”，空气你能“有机”吗？布料你能“有机”吗？房屋你能“有机”吗？如果你只“有机”了一个汤，也是杯水车薪啊！

家人散步走了，遗我一人瞅着汤钵发呆。

世上的食物原本都是“有机”的，随着科学的发达，人为干扰植物的生长，食物开始无机化了。人们刚为产量的提高和病虫害的减少而欢呼，旋而发觉这种食品不好吃，其中的药物残留对人体造成了损害。有人返璞归真，恢复用原始的方法生产食品。量少费工，于是高价，称作“有机”，小名“绿色”。如果你多钱，你可以买到用古老的方式生产出的安全食品；如果你少钱，就只好吃较坏的东西。当然有些农民也会专留一小块地不施化肥，种菜自吃，但这种保护毕竟有限。也就是说，有钱人能吃安全的食品，身体较少受到伤害，基因更多地得以保存，生命延续的时间就会较长，就能获得更多的遗传优势。如果你无钱或少钱，你就要吃别的无钱或少钱的人生产出来的有毒但产量高的食品，你的身体就受到了较大的伤害，状况不够良好，基因得以传递的可能性较小，生命也会比较短暂。

我们于是发现科学的某种意义——就在于提供了一种人为地选择较为优良基因的方式，让那些无力得到更多金钱的人较早灭亡。

我知道自己少钱，也知道自己的基因不配长久流传，但我还是很想在这个世界上多看看风景。思前想后，我现在有两个可供选择的方案。一是我努力加入吃绿色的行列。不是因为有钱，而是我破译了这个阴谋，奋起反抗，不让它得逞。我宁可不去旅游，不穿新衣不看球赛不用电脑，也要喝“有机”的冬瓜汤。又一想，代价是否值得？从原始人发展到今天，不就是为了众人享有更高的文明和更愉快的生活吗？

还剩下第二个方法，就是钱少的但是生产食物的我们，不再使用那些污染的物质，让大地上原本就生长着的绿色植物，再度繁茂起来。有机是正常的，无机是不正常的。我们不能把不正常搞得比正常还多，让正常成为一种稀缺资源。改变的力量就蕴含在我们的手掌之中。那样，不单富人的基因和享受得以保存，就是穷人也享有健康和长寿的自由，大地才会繁花似锦。

我们把水搞浑了，现在要喝一口干净的水就成了奢侈；我们把食物搞脏了，现在要吃一粒纯正的米就成了富贵；我们把空气搞浊了，现在要喘一口清爽的气就要到远方……当科技的某些手段成了毒杀之腕的时候，我们要清醒地自救。不单有钱人能够享受买来的“有机”，无钱的人更要凭着清醒的智慧，觉悟起来，不当自己的掘墓人，过安然的生活。

内在的洁净

现在的女子，对于服装的要求越来越多了。每年都有流行色，如果你还穿着去年的流行色，那就是落伍，就是老土，就是搁浅在时代潮流沙滩上的孤独苦蚌。

有一次，我得到一个邀请，担当某服装委员会的顾问。我说，你有没有搞错啊，我是个连流行色都一问三不知的人，哪里能担当服装顾问？只有谢绝这一份信任了。他们说，就是愿意吸收各行各业的人都来关注服装，所以是外行并不要紧。我还是坚辞不受。本以为这件事就这样结束了，不想几天以后，他们又曲线救国，约了一位我所熟识的朋友来做说客。那朋友说，一个作家，就应该与五行八作的人都说得上话。你对服装没有研究，正好借这个机会长长见识，何乐而不为？再说啦，人家还发你一套衣服，蛮合算的啦！

倒不是看在那套衣服的份儿上，实在是朋友这番话的前半部分说服了我，我出席了那天的会议。会上，坐在邻座的是一位对服装颇有研究的先生，我和他聊起来，问，你们每年的权威发布，都依照什么原则呢？

那位先生一笑，说，毕作家，你太认真了。流行色并没有你想象的那样复杂，不过就是一个概念。你想啊，服装这个东西，是要提前做准备的。不能天气已经很热了，才做薄薄夏衣；也不能寒风刺骨了，才张罗棉袄。特别是面料，更要有提前量。那么，大家根据什么来制订计划呢？简单地说，就是要开一个会，大家坐在一起，讨论一番，定一个主色调，然后还有一些辅助的色系，最后就按这个原则去生产了。到了那个季节，街上就都是这种色系的衣服，流行色就开始流行了。

我听得似懂非懂，说，那么如果这个色彩今年流行不起来怎么办呢？那位先生可能觉得我冥顽不化，蔼然教导说，这怎么可能呢？大家都要穿新衣服，新衣服是从哪里出来的？还不是厂家做出来的吗？只要所有的厂家都齐心合力，都出产这个颜色的衣服，当然就会流行起来了啊！再有了，我们既然制定了这个策略，就会大张旗鼓地宣传，比如说环保啦、沙漠啦、海洋啦、太空啦……找概念啊，开动一切机器来轰炸。另外还有一个法宝，就是让偶像代言。年轻人喜欢从众，一看他们心仪的艺人都穿上这个衣服了，当然会趋之若鹜……

听到这里，我只有拼命点头的份儿了，我就是再愚笨，也明白在这样强大的攻势之下，流行色当然生命力蓬勃。

那位先生看我茅塞顿开的样子，表示满意，说，如果你是生产厂家，你会怎样想？

我说，那还用问？当然是希望买我衣服的人，越多越好。

那位先生说，对啊，人心同理。要是谁都新三年旧三年，缝缝补补又三年，服装厂还不得关门？所以，每年的流行色一定要和上一年的有所不同，让你不能以旧充新，鱼目混珠。再有就是造舆论，让你觉得自己穿的不是流行色，就有一种自卑感，不入流，被社会抛弃……这样的舆论氛围一旦形成，从众心理浓厚的人，就会被裹挟而进，成了流行色的俘虏。厂家就会微笑。

我说，如果我硬是不买流行色，你们能怎么样呢？

那位先生和气地笑起来，说，那我们一点儿办法也没有。不跟着流行色走的人，通常分两类。一种是特别贫穷，他们原本就没有能力不停地置换服装，所以，也不是服装行业的消费者，基本可以忽略不计。再有一种，就是特别有品位的人，他们不在乎流行什么，只在乎什么东西对自己是最适合的。对这后一种人，我们也是鞭长莫及无可奈何啊！

那一天的会议，让我获益匪浅。这位先生犹如奸细，让我获取了关于服装的真实情报。也许对于时尚中人，这些都是常识，但对我这样一个服装盲来说，的确醍醐灌顶。我想，我似乎不能算作买不起衣服的人，但也绝对不是有独立见解、能孤傲地挺立于潮流之外的人。对于我们普通人来说，如何在光怪陆离的现代服装海洋中，安然自得地驾着自己的小船，吟唱渔歌呢？

我想，最好的方式，就是保持衣物的洁净，不追赶时髦。因为流行色的实质，多是商人的利益。它铁定了主意让你总是气喘吁吁手忙脚乱地追赶潮流。我不需要那么多的衣服。如果你的衣服有污渍，无论它多么华贵，在没有清洗干净之前，不要穿着它出门。华贵表达着你的财富，而洁净证明着你的品质。

衣服只是外包装，内在精神的洁净才是最重要的。

被迫锻炼

人毕竟不是铁打的，身体在为我们提供工作和生活的奉献之时，也需要好好地保养和善待。

我是一个不爱锻炼的人，但是现在每天会拿出一个小时，到小区的健身操场活动筋骨。这是一件辛苦的事情，不过因为对自己的身体有好处，也就坚持下来了。

你看看“锻炼”这两个字，左边的偏旁，一个是“金”，一个是“火”，本意象征的是金属的冶炼和延展，都非轻松的工序。右边的部分也很复杂，难以一蹴而就。由此看来，除了专业运动员之外，一般人要想把锻炼身体这件事认认真真一丝不苟地完成，必得付出持之以恒的毅力和时间。

我年轻的时候身体很好，记得参军时检查身体，当最后一个项目完成的时候，体检表盖的章是——特等。身高1米70，体重60公斤，视力是1.5，浑身上下毫无瑕疵，连虫牙都没有一颗。所以有人问过我，当年那么多女兵，为什么偏偏把你分到西藏阿里那样艰苦的地方去了？我就回答，也许是因为我的身体太好了，上到海拔五千多米的藏北高原非我莫属了。

身体好，也让人生出麻痹大意。我在西藏当了11年兵，回到北京到了新单位后，既要工作又要学习，外加服侍公婆自带孩子，一天忙得团团转，时间非常紧张。当医生值夜班，到了早上，别人都是马上补觉，我却觉得这是凭空多出来的干活时间，早就把自己安排得满满的，分秒必争。跑到文化馆去听课，在家里拆被子洗床单，到自由市场采买肉菜，深夜了还在看小说……忙得不亦乐乎。那时候年轻，觉得万事都不可耽搁，唯有自己的吃饭和睡觉时间是可以压缩的。于是，在将近十年的时间里，我都是早早起来给家人做好早饭，一看表，上班时间到了，什么都不吃就出门了。刚开始的时候觉得饿，特别是冬天，胃里没食，格外地冷。时间长了，好像也适应了，还以为这样挺合算的，别人为了吃早饭手忙脚乱的时候，我却早早地到了单位开始看书了。

终于有一天，半夜里腹痛难忍，只好连夜到医院看急诊，医生诊断是胆绞痛发作，当时一查，白细胞两万多，我痛得蹲在地上起不来，医生就打了杜冷丁，并嘱咐我第二天疼痛缓解之后再做进一步的检查。最后确诊为胆结石，医生说最大的原因可能就是我多年不吃早饭，胆汁高度浓缩，最后形成了结石，结石梗阻，引发了炎症。那一段时间，我吃了很多药，胆绞痛还是不断发作，夜里跑医院几乎成了家常便饭。不得已，医生说，再这样打镇痛剂，你会成瘾的。看来保守治疗效果不好，做手术吧。

我在北京医院做了胆囊摘除的手术，术后在监护病房躺了几天，那种仰望着空无一物的天花板的无助感觉，终生难忘。因为胆汁的消化功能受损，出院后腹泻了很久身体才慢慢适应。

这个教训让我体会到了人毕竟不是铁打的，身体在为我们的工作和生活奉献之时，也需要好好地保养和善待。从此再不敢不吃早饭了，无论多忙，都要为自己准备一顿正儿八经的早餐。比如牛奶和麦片粥，比如蒸蛋羹和烤面包干……哪怕是一碗剩下的稀饭、一个剩包子，也要郑重其事地热开蒸透，再津津有味地咽下。

还要坚持锻炼。我的方式就是每天晚上到健身操场，摆弄那些名目繁多的运动器械。我最喜欢的是“太空步行机”，站在上面不停地踢腿，既好玩又活动了下肢关节，长久下来，略显僵直的关节也灵便了不少。

吃饭和运动，是两件重要的事情。如果你忽略了它们，在一个短时间内，好像也看不出多少损失。但我们的身体是一个负责的书记官，它把一点一滴都记录在案，如果你辜负了它，慢待了它，那么，就算它再好脾气，再任劳任怨，也终有一天会磨损和断裂，到那时候开始算总账，就比较麻烦了。所以，如果你有饮食和运动的好习惯，就请坚持，必将受益无穷；如果你曾像我那样疏忽大意，就要亡羊补牢，把保养身体放到重要的位置，才会有更充沛的精力和时间，去从容完成人生的大目标。

过年的表情和心情

过年时人的表情和心情，各不相同。怀旧是一种，怅然凝视的；收到礼物是一种，欣喜而感动的，或许还有得陇望蜀的；总结经验教训是一种，庄严且若有所思，也许夹杂着愤愤不平；洗心革面下决心从头再来的又是一种，捶胸顿足咬牙切齿……其实这都是年的附加值，和年无关。年最朴素的意义只有一种——对每个人来说，又长大了。这一条，不管你乐意不乐意，年都专横地让你受纳。

长大这个词，似乎专宜少儿。你对一个小孩子说“长大”，那是夸奖；你对一个老太婆说“长大”，就是揶揄。不知从哪个年龄段始，人们不再说“长大”，改用了它的升级版——“老了”。我瞎估摸——这个分水岭，大约是在20岁到30岁之间吧。你对一个40岁的人说：吓！你又长大了。除非你是他爷爷，不然他跟你急。

无论你怎么看待年，年总准时而顽强地站在一旁，等着晤见你。只要你活着，就会匆匆赶到它面前，预备相逢。它像高速路上的里程表，不动声色地提醒着我们，你离出发地愈来愈远，离目的地越来越近了。就算你不知道目的地在哪里，乱走一气，也同样。年决不姑息回避。时间履带，不惧油价疯涨，它自有动力。年留下花纹翩然而过，碾皱的是你的容颜和心态。

中国古代说到人的发展，很有些唯年龄是举的专横。比如说“四十不惑”，不能提前到三十八吗？抑或更超前些，干脆二十九？从前的人，“人生七十古来稀”，现在平均寿命提高了，不惑的年龄也该提前了吧？不惑来自什么？经验吗？苦难吗？见多识广吗？照此推断，眼观六路耳听八方多走多思多想多吃糠咽菜倒海翻江，把一年当作两年甚至几年来过，跑步进入不惑，似乎也不是没有可能。

然而，不成。人的惑，随着社会的发展和进步，不见减少，反倒是越来越多了。到了过年，就像从本子的最后一页往前翻，会看到很多错漏和疏忽的地方，打着红叉。

年其实是一个裁缝，拿着一把有365个小格的尺，度量着我们的生命。已经过去的年，就不会再回来了。要它回来，只有两个法子。一个是在照片中，你看到的是年的复印件，原件已被毫不留情地销毁。另一个瞬间是在梦中，那是年的幻象，像斑斓锦鲤，你看得清它的鳞，滑溜溜地却根本抓不住。

听人说，对时间的感觉，同你已经享用过的年龄成反比。此话说起来拗口、费解，其实意思很简单。就是说同样的时间对不同的人，比例感不一样。比如幼儿，从两岁到三岁，这一年相当于走过已有生命的50%，他会觉得漫长。若对一个81岁的老人来说，却只是他已经度过生命长度的1/80，也就1.25%，岂不快如一个哈欠？所以，年就像失手滚下坡的铁环，越旋越快，拦不住的。年这个不以人的愿望为转移的客观规律，让人无言。

年要有仪式感。这种仪式感，过去多集中在扫房祭祖和如何吃上面。现在，屋子虽然还要扫，因为双层玻璃密闭性能好加上吸尘器功能强大，还有隔三岔五不断地装修，房屋焕然一新的洁净感，几乎变成常态，不再属于年的专利。祭祖这件事，日益地公众化。人们不再拘泥一家一户的祖先，每年公祭了黄帝、炎帝和大禹们，怀念和祭奠的热情提前集体释放了。

于是，只剩下了团聚和吃。亲朋们围拢一处灯红酒绿推杯换盏，年成了食物和酒精的阅兵式。可惜，现在生活水平提高了，顿顿都吃好东西，大伙儿的口头禅是“天天都跟过年似的”。食品多了，一不留神就吃出糖尿病和“三高”来了，于是号召要给年减肥。年节前，报纸的保健版如临大敌，急赤白脸地提醒大家不要淹醉了肝胆，累疲了肠胃……闹得年好像成了凶地。年被剥夺了吃的快感和美感，成了瘦肉型的年。约束了吃，人们不知道用什么来彰显年，年味就淡了、薄了。长久下去，年就瘸了一条腿，年将不年。

团聚是永远需要的，吃却需要节制。我们要创造出新的仪式，来纪念这个让我们共同长大的时刻。年其实是一个轻声的提醒，你已经在人生的路上又拓展了一步，距离终点又近了些许。如果把年比喻成衣服，你已脱去羽绒服，不知不觉中穿上春的绿夹衣了。如果你原本就在仲夏，马上就到沉甸甸的秋了，请准备好你的镰刀。也许有人会说，如果我马上要进入生命的冬至呢，等待我的岂不是滴水成冰？别忘了冬天有雪，雪兆丰年，你可以在白色原野下安睡，期望生命的又一种轮回。不管位于生命的哪个季节，年都是值得善待的。成长会一直持续，直到苍茫一刻。无论3岁还是81岁，年都是平等而吉祥的，不同的只是我们的心情。

图书在版编目（CIP）数据

我喜欢辽阔的地方 / 毕淑敏著 . — 北京：生活书店出版有限公司，2016.5（2017.1重印）（2017.5重印）
ISBN 978-7-80768-141-0

Ⅰ.①我… Ⅱ.①毕… Ⅲ.①散文集－中国－当代
Ⅳ.①I267

中国版本图书馆CIP数据核字（2016）第060398号

策 划 人 李 娟
责任编辑 廉 勇
装帧设计 视觉共振设计工作室
责任印制 常宁强
出版发行 生活書店出版有限公司
（北京市东城区美术馆东街22号）
邮 编 100010
印 刷 北京顶佳世纪印刷有限公司
版 次 2016年5月北京第1版
2017年5月北京第3次印刷
开 本 787毫米×1092毫米 1/32 印张11.5
字 数 183千字
印 数 8,001—13,000册
定 价 45.00元
（印装查询：010-64052612；邮购查询：010-84010542）